彼岸文丛
BEYOND

The Man Who Was Left
as Nine Pairs of Shoes

化身九双鞋
的男人

[韩国]尹兴吉 著 王策宇 崔元馨 译

ZHEJIANG UNIVERSITY PRESS
浙江大学出版社

目 录

那一天那事件

　　善良百姓宋教授，生平以崇尚正义、生活态度堂堂正正而自负。 有天，他家来了个奇怪的电话，即所谓的敲诈电话，第二天又来了一通，对方单方面通知说要亲自来见面聊聊。 简直让人摸不着头脑。 起初宋教授以为是哪个亲近的朋友开的顽皮的玩笑，否则便分明是要花招却搞错了对象。 所以他很轻松地一笑了之，没怎么放在心上。 可是同样声音、同样内容的电话又来了两次以后，问题就越发不同寻常了，让人觉得如果等闲视之说不定会惹大事。 于是，善良百姓宋教授逐渐深深陷入苦闷中。

　　接了第二通电话后过了好久，宋教授一点一点整理了混乱的思绪。 虽说自己是一流大学的知名教授，却和一般企业雇用的包装工人或车工没什么两样，只不过是个两袖清风的工薪阶层。 向自己这类人勒索，怎么都令人无法理解。 那个人的目的如果纯粹在钱，显然他是选错了对象。 不去找大韩民国那么多的企业家，却找上我这样的穷教授？ 这位恐吓分子简直是天真到令人可怜的蠢汉。 这么一想，宋教授就有了自信，开始在周遭喜欢开玩笑的朋友中搜索可能那么做的人。 之前虽也往那个方向想过，但那时只是随便胡猜，这一次则是追根究底，一点儿细节也不放过。 但不论怎么想，周遭朋友中也找不到这样一个人。 即使是开玩笑，宋教授也不可能和那种既不光明正大又没知识的小人行径的朋友交往。 偶尔聚会下下围棋、爬爬山，互相就专业讨论交换意见的朋友，都是品行圆满的君子。 就像自己信任、珍惜他们的友谊一样，他们也信赖、珍惜自己。 对那些多情多义的朋友竟有一分一毫的怀疑，宋教授立刻为自己的过失懊悔。所以他稍微转了一个角度，这次朝容易引发这类事件的仇恨关系的那一方投下了问路石。 似乎没有，不，是不可能有。 他活了五十多年，别说争吵动武，就是难听的话也不曾说过一句。 朋友们有时开玩笑说他是不需要法律的人；或者说他是抖不出一丝尘埃的三位圣人之一。 他们所说的三人中另二人是可敬可畏的耶稣基督和圣母玛利亚。 因为只是打趣说笑，对于他的无辜没有不在场证明的效力。 可是要说有什么失德的行为让勒索者抓住了小辫子，在宋教授是根本不可能的。

再怎么挖空心思研究也找不着蛛丝马迹，想把因那没来由的电话而生的杂念像关上抽屉一样埋藏到记忆中去，他猛甩了甩头。 这时突然像解开了纠缠的丝线，脑海中浮现出一个鲜明的形象，是崔教授。 他一边将崔教授油嘴滑舌的尊容刻在脑里，一边大叹为什么早没想到！以崔教授的为人干那种事绰绰有余。 或许碍于教授的体面不能直接出头而指示别人干。 这么一想，便发现电话内容里有很多可疑的地方，几乎可以确定是业余玩家的把戏。

对于那些寡廉鲜耻的无赖，他有个固定观念，是隐隐受年轻时看的侦探小说或漫画，还有最近常看的连续剧的影响。 总之，就他的固定观念，以敲诈或威胁为业的那一流人物，应该长得一副狰狞之相，而且嘴边总挂着粗鄙的下流话。 例如，"可不是闹着玩儿的！"或"报警的话小心你的命！"等等。 再加上令人毛骨悚然的怪笑，就是绝妙的恐吓电话了。 诸如此类大概是宋教授所认定的下流人物的必要条件。 可是，那位打电话的老兄没有一丁点儿符合固定观念或常识的行径。 打一开始语气就斯文有礼、有板有眼、如谈公事。 这样的人要说他是恐吓分子，是完全不合格的。 而且敲诈要求的金额仅仅十万韩元，也是超乎常识之外的。 靠工资过日子的人，绝不是嫌十万韩元少，但和到目前为止所听说过的犯罪案件比起来，也未免太寒酸了。 一旦怀疑起同事就没完没了。 根据各种迹象推断，是崔教授的把戏恐怕错不了。 崔教授对于私人感情绝对有可能用那种方式来处理。 和那种人归为一类同样被称为"教授"，简直让人觉得是一大侮辱。 再怎么宽以待之，得到的回报也只是嘲笑和恶意中伤。 如今宋教授宁可将一切归因于自己的无德，就像傲然独立的鹤，对属于群鸡之一的崔教授，不屑一顾。 可是那老兄好像还是想惹祸的样子。 宋教授对于自己的脑子即使不做学问也能像个老练的检察官那样灵巧地思考运转，觉得有趣极了，于是更加深了对同事的怀疑。 想到这事件八九不离十已经解决，心情更为轻松。

可是过不了多久，在愉快的旅程尽头又撞上了盘踞在五里雾中的一堵高墙。 如果崔教授真是罪犯，那么几次恐吓电话后就该罢休。 即使是指使人干的也该停止了。他不是傻瓜，不会冒着身败名裂的危险亲自拜访而让人抓住小辫子。 而且两人之间并没有非报不可的深仇大恨。那么究竟是谁呢？ 是谁？ 为什么要这样收拾一个无辜的人？ 谁？ 为什么？ 什么目的？ 究竟原因在哪儿？

他感到脑袋一阵阵刺得疼。 似乎比写博士论文还要耗费心力。 宋教授终于下定决心不再为那件事费神。 是应该这样的。 就像在客满的公共汽车里被不认识的人踩了一脚，从一开始就该不加理睬。 有什么事儿就让它来吧，他打定主意先让自己心情轻松愉快。 本想报警以防万一；可再仔细想想，现在报警实在没有一点儿根据。 某个彬彬有礼的男子打了两次电话，要求交十万韩元换一个秘密，世界上岂有警察会相信那是真的而派人保护？ 警察出面调查固然令人感谢，但之后若再也没有电话，或若查明只是朋友顽皮的恶作剧，那么他这个堂堂教授岂不斯文扫地？ 如果察觉到真有算计自己的罪犯存在，那么报了警反而连累家人，事情可就闹大了。 他东想西想拿不定主意，最后终于决定再等等，看还会发生什么事，视情况变化再采取行动。 宋教授可不是因那一点儿威胁就畏惧退缩的人。 再仔细追究的话，那不是威胁，倒近似于带口信。 不过不论是威胁还是口信，以良知和真诚在世上堂堂正正地生活并引以为豪的宋教授，其实没有任何可害怕的。 说到公之于世会造成对人格或名誉的致命伤害而价值仅十万韩元的秘密或恶行，别说在过去，就是在现在也不可能有。 不仅如此，自己自始至终都是个教育家。 看来，对方既是自称为半工半读的年轻学子，宋教授一向秉持教育家的良心，必将把劝导这类行为邪僻的年轻人的重责加在自己身上。 如果如电话里所通报的那样，对方第二天真的出现在眼前，宋教授决心以温馨的长者之爱和冷峻的道理展开劝诫，定让年轻人在最后流下忏悔的眼泪。

一边这么想，凡事中规中矩、一丝不苟的宋教授为了以防万一 ——真的只是预防—— 在各单位下班前进了一趟城，瞒着家人办了一件事。 自己如果是孤家寡人，碰到什么事都无所谓。 为挽救一个前程似锦的青年于罪恶的深渊，即便遇害，身为一个教育家，也是非常光荣的事。 但他现在是有妻小的人，有一生同甘共苦让人信赖的妻，和两个掌上明珠。 自己怎么都没关系，可若让深爱的家人有一丝一毫的损伤，恐怕再没有比那更令人痛苦的事了。 自己所采取的措施中不掺杂一点儿不单纯的意图，虽然暂时对家人保密，良心上并不感到歉疚。

善良市民宋教授好不容易了了一桩心事后才醒悟到一点，即此人手法之精巧。 假设自己推测正确的话，对方手段之高明不能不让人叹为观止。 若要报警，则情况暧昧令人良心不安；若要没事儿似的一笔勾销，又让人心情混乱无法忍受，仿佛给人一记闷棍般的巧妙。 威胁恐吓竟然有这种水平，实在值得拍案叫绝。 宋教授曾暗笑对方是个糊里糊涂的愣小子，不足以称之为勒索犯，现在反倒可怜起自己来了。 说不定自己是在对付一个不好惹的老兄，这种负担感让宋教授再度郁闷起来。

"是宋先生吗？ 我是前天和昨天给您打过两次电话的苦读学生。 我认为您已经准备好购买我的商品，想照约定去府上拜访。 十分钟后我就去见您，和您讨论讨论。"

备受尊敬的学者，善良的市民宋教授，第二天早上又接到对方单方面的通知电话。 就在十分钟后了。 那个昨天晚上还让他一边想着"难不成……"一边睡了一个好觉的事件，十分钟后即将在现实中出现。 为在家人面前显得从容不迫，宋教授很是费了点儿心思。 不想因那突然出现的恐吓分子让家人受惊，所以他以相当沉着的态度，平静地向家人说明了即将在眼前发生的事件。 借此打上预防针，以减轻家人可能受到的巨大打击。 此外，他也和家人共同负担这两天独自患得患失、有口难言的苦闷，让他得以因家人的慰藉而平静地忍耐这如坐针毡的十分钟精神上的酷刑。 果不出所料，听完事情的始末，妻和女儿的反应相当激烈。 几分钟前还跟一般家庭一样和睦融洽的气氛，霎时四分五裂，客厅里好长一段时间内都是凝重的沉默，然后突然暴发了意见冲突。 仪态端雅，待人处事宽厚稳重，颇有长女风范的琴映最先发言。

"应该是开玩笑。 不会错，虽然有点儿过分。"

"对，老大说得没错，分明是开玩笑，别太在意。"

妻也这么说。 可她的表情与其说是她确信那是玩笑，不如说是恳切地企盼。 小女儿沂映的意见不一样。她以一副沉重的表情思索了半天，悍然说：

"这绝不是开玩笑。 打了三次电话，十分钟后还要亲自上门，怎么可能是玩笑？ 现在还不迟，爸，赶紧打112报警。 如果真像姐姐和妈妈说的是有人开玩笑，也要照他犯的罪付出代价，好好地教训他一顿。"

这么一来，妻又跟着小女儿大敲边鼓：

"对对，像沂映说的，得让他受点儿罪。 她爸，快报警吧！"

小女儿上女子高中三年级，性格特别、决不服输。宋教授向她微微一笑，仿佛没听到妻的话：

"我知道我们沂映小姐的心思，可是我希望你不要断定爸爸是一个冷酷的人。"

宋教授温和地安慰抑制不了愤怒、呼呼直喘的小女儿。 听了丈夫的话宋教授的妻忽地跳了起来。 好像在樱花盛绽的昌庆宫中和妈妈走失的孩子，妻从刚才就迷迷糊糊、晕头转向：

"什么？ 您是冷酷的人？ 什么话！岂有此理！沂映，爸爸绝对不是冷酷的人。 你也很清楚。 爸爸不是那种放任感情做事，动不动就要报仇的人。"

"妈，怎么能说那是报仇呢？ 觉得自己有危险的时候请警察保护，是在民主主义国家里按期纳税的国民理所应当享有的权利。 如果没有人要报警，我来打电话。 我现在是为了爸爸做的。"

"哎，沂映！"

妻眨眨眼使了个眼色。

"孝顺也有很多方法！"琴映撇了撇嘴。

"连身份也搞不清楚的浑小子，威胁我们能干的爸爸给钱，你还在一旁鼓掌帮腔吗？ 这种孝顺打死我也做不来。"沂映大声喊。

"孩子们，够了，安静点儿。 连你们也这样，这个家都成什么样了？"妻哭丧着脸在两个女儿间阻止她们斗嘴。

"我知道琴映、沂映都是为了爸爸好，可是你们一点儿也用不着担心。 我不是要你们担心才告诉你们的。 我希望的是以后不管情况有任何变化，都要相信我这个老爸，让我来负责一切。 爸爸为人怎么样你们一向知道。不管那个人要什么奇怪的花招，你们都要信赖爸爸的人格不能动摇，我只要这一点合作。 等一会儿你们会亲眼看到那个敲诈犯跪在我的面前求饶。 你也别像丢了魂的人似的站在那儿，放轻松点儿。 孩子们看了多不像话。"

宋教授很顾全一家之长的体统，诚恳地劝说妻。

一场混乱好不容易收拾了。 可昨天还洋溢着一团和气的家庭，现在已找不着一丝和睦的痕迹。 一个无论怎么凶悍的恶魔也不敢小觑像城堡一般坚固的家庭，想不到只是几通莫名其妙的电话，就会让它的和平毫无道理地破灭。 突如其来的不信任感席卷了整个家庭，联结夫妻间和父女间的坚韧绳索被斩断，甚至令人有永远找不回过去那种和谐气氛的凄惨感觉。 一直默默不语的妻忍不住疑惑，终于开口提出了一个决定性的问题。

"你……或许……"

"什么？"

"或许那个……存款账户里……"

"哈，那件事儿。 我还以为是什么呢！"

妻吐出那句话的瞬间，说实话宋教授觉得胸膛里火辣辣的。 尽管已经迟了，他也决定要在家人面前说明事实。 可是当他发现自己不知不觉地从嘴里吐出的全是谎话的时候，他简直吃惊得几近昏厥。

"对不起。 该告诉你的事儿一时给忘了。 有个朋友急着借钱，昨天我取了五万韩元。"

"噢，是这样。我以为是为了这事儿……"

"啊，不不，不是。跟这事儿绝对、完全没关系。借给别人了，朴教授，对，就是朴教授。"

急得直摇手，宋教授仍然在说谎。他简直不明白自己在干什么。为了保护家人才采取了这样不得已的方法，可是为什么不能说真话？一方面，没有任何理由尽说些无益的谎言，他觉得自己卑劣到想向自己吐一口口水。另一方面，他又暗自担心家人是否真的相信他的话。这是他生平第一次欺骗家人。自从那诡异的电话打来后，好像某个家伙将他的自我驱逐出境，占据在他心眼儿正当中鬼扯胡说。

"照我想嘛……"妻吞吞吐吐地发表了意见，"那个人如果真打算害你，逼得你活不下去，那干脆把钱给他算了。心情这么不安一点儿也……"

"你疯了？说的什么话？"宋教授大喊。迥异于平常，超乎必要地大发脾气。

"在孩子面前随便说话，岂不好像我宋凡燮有什么把柄落在别人手里？"

"对不起。可是孩子们比谁都清楚你是清白的。"

"对。"

“真的。”

“一分钱都不能给。 我宋凡燮岂能在那肮脏的敲诈犯面前低头？ 门儿都没有。 不知道那家伙搜集了什么东西作饵，可我活到现在，绿豆大的羞耻事也不曾做过。”

宋教授发了一通脾气，一方面对敲诈行为愤怒至极，一方面对自己卑劣的言行懊恼不已，于是在家人面前蛮横地使起性子。 就在这时，门铃响了。

那个不明底细的男子准时在约定时间出现了。 这是个从各方面来看都和自己的固定观念相距甚远，完全在意料之外的人物。 首先那并不凶恶的长相就让人安心了不少。 不只是不凶恶，那五官端正、理智型的相貌，还不知不觉习习散发出一种令人不敢小觑的知性气息。 他身材修长，服装仪态俊秀干练。 如果换在其他情况、其他场合，很可能会选定他做大学三年级的大女儿的对象。宋教授一下子糊涂了。 接着，他一边惋惜这小子，一边再度燃起教育家的使命感，不管用什么方法都要好好教导这个年轻人。 虽然不得不承认他根底好，但越是如此，越是缺乏当敲诈犯的条件，所以产生了小看对方也无妨的安全感。 时间很充裕，现在放假没有什么事儿，心里盘算着直到他降服为止，时间拖得再长也没关系。

“您好。 噢，师母也在家。 让您久等，真抱歉。”

把大英百科全书推销员常提的 007 新式皮包放在桌旁，年轻人轻快地打了招呼。

"倒很有时间观念。 躲在附近观察了动静吧？ 进来的时候没看到刑警什么的吗？"

宋教授想先杀杀他的气势，好像抓着他的脖子叫"你这小子"似的说道。 可年轻人神情磊落地回答宋教授的话：

"先生果然眼神儿快。 我用了距府上最近的公用电话，抽了一支烟才来的。 可没看到刑警埋伏。 像您这样的人绝对没法报警。"

"你是说像我这样的知识分子受到要挟也不能报警吗？"

"不能。 不是因为你是知识分子，而是因为你害怕暴露缺点。"

宋教授的心猛然往下一沉。 年轻人端正而充满自信的态度让他不安。 他指着对面空着的沙发：

"先坐。"

"谢谢。"

"先说明白了，我不跟你用敬语。 再怎么年轻的学生到现在为止我从来没用过卑称。 可是对你实在不乐意。 这一点你得了解。"

"这您一点儿也用不着担心。 我也奉告一句话……"

"厚脸皮！现在可慢慢露出本来面目了。 喂，你要挟谁呀？ 敲诈犯！"

站在父亲沙发后两手抄在胸前一直瞪着年轻人的沂映突然尖声大叫。 大家都吓得一震，只有年轻人依旧神色自若，泰然地笑着，一一注视环绕在宋教授身边的一家人。

"原来是二千金。 从进玄关就受到她盛大的欢迎。您有两个聪明漂亮的女儿。"

宋教授看到年轻人的视线在琴映成熟的身材上停了一会儿，突然胆战心惊，朝妻的方向使眼色：

"去对面房间……"

妻懂了他的意思，拽起女儿的手腕。 可是沂映看着姐姐顾左右而言他：

"说是半工半读，我还以为是个穷酸汉呢，没想到还挺油光满面的嘛。 对吧，姐姐？ 完全像只养肥的白菜虫子。 大概是在浇了很多人粪肥料的菜田里专吃软软的白菜叶长大的，所以才会随便在人前打那种又酸又臭的嗝儿。"

"我们到那边的房里去。"

沂映一边让妈妈推着往房里去，一边还在挣扎：

"不要，我要留在这里亲自确定并且告诉那家伙他在撒什么弥天大谎。 不要推嘛！"

沂映被妈妈和姐姐勉强拉走后，客厅里再度安静下来。 现在只剩两人对坐着。

"生了这么可爱灵巧的女儿，一定觉得很幸福。"

"这么搅和非我本意，很遗憾。 现在安静了，可以一个一个谈了。"

"是啊，我也希望尽快把事儿办完。 那个问题您想过了吗？"

"当然。"

"噢，谢谢。 我也相信先生一定会跟我谈的。"

"不要随便猜，我的话你听清楚了。 第一，你那个可笑的敲诈什么的，我决定一概不接受。 第二，你的要求我也会干干净净地拒绝。 否则我第一个不能原谅我自己。 所以你也该回心转意，放弃你那些威胁性的言辞还有自满的态度。 脱掉你的面具，坦率一点儿的话，什么都好说。 以后的事儿我来……"

"等一会儿，先生。 您说面具。 我从来就没戴面具。 在我看来，反倒是先生不想脱掉面具，哈哈……"

"咳，年轻人，你是不是找错人了这么说话？"

"我吗？ 哪儿的话！宋凡燮博士，韩国生物学，尤其是生物统计学的权威，备受学生尊崇的著名大学教授。资历辉煌的登山家，主要将高山植物和人类做比较，以山和人生为主题写了很多登山纪行的著名随笔作家，怎么样？我认为我现在是和这样一位人物说话。"

"你说你是半工半读的穷学生吧？现在读哪个学校？"

"我的学校名称并不重要，重要的是先生您的问题，不是吗？"

"我再忠告你一次，脱掉面具，像个学生显出你真实的态度，我多少可以帮助你。我和内人也谈好了。你有什么困难非得要十万韩元，比如学费、住宿费等等，如果不够，我即使不宽裕，多少也能帮助你一些。明白我的话吗？"

宋教授说完，年轻人似乎觉得有趣，微微一笑：

"是不是因为物以类聚？先生果然也说同样的话。那位先生起初也这么说'我会帮你，你说真话吧'。"

"那位先生！你是说谁？"

"您没听朴震冠先生说过吗？"

"什么？"

一边大喊，宋教授舒适地陷在沙发里的上半身霍地挺了起来。

"这么说朴教授已经被你勒索了？"

"'勒索'这词不太恰当。 说'洗礼'还差不多。坦白自己过去犯的错，用十万韩元低廉的价格挽回一切，从那一刹那开始，可以算是以新的面貌诞生的人。 说来冒昧，接受过我的洗礼的人中，除了朴先生，您认识的还有金承逸教授。"

年轻人继续带着浅笑，露出淘气的表情，那表情似是向宋教授扮鬼脸挑衅地说"来劲儿吧？"

"像朴教授和金教授那样的君子，你竟然用钱买他们的过去……"

宋教授不知不觉"呼"地叹了一口气，然后绝不能相信似的摇摇头。 都是密切交往的朋友，理性与知识兼备的知名学者。 可是，碰上这样的事竟没有向自己吐露一言半语。 宋教授的心开始动摇了。 年轻人打开新式皮包，拿出一个厚厚的信封：

"这就是证明资料。 这信封里有几个先生您过去的详细记录，是根据'六 W'原则用新闻报道形式写的事实，六个胶卷和冲洗好的照片……您这是干什么！"

推开宋教授猛然伸来要抢信封的手，年轻人用平稳的口气斥责道：

"先生如果这样做可就为难了。 好，您打算怎做，快决定吧。"

善良市民宋教授一时失了理性，不禁为自己的轻举妄动而后悔。他心底升起一股不安，担心这会让人误以为他承认了自己素行不良。他有好一阵子死盯着年轻人手里举着的信封，然后冷漠地打断话头：

"不必，我拒绝。"

"真遗憾，我本来就不是为了博取先生的同情而是堂堂正正为获得努力的回报而来的。那么，我认为谈判破裂了，我这就走。"

年轻人把信封放回皮包，从沙发上站起，笔直地朝客厅门口走去。虽然谈判失败，他却像要吹出口哨一样愉快地跨着步伐，不见对十万韩元有丝毫贪恋。

看到年轻人的手碰到门把，宋教授打了个冷战站了起来。

"这位学生！"

"非常抱歉，大约下个星期，请随便看看哪份周刊，可能会刊登有关先生的报道。再见，请留步。"

"等一会儿，喂，学生！"

宋教授好不容易拦住坚持要走的年轻人，让他再坐在沙发上。

"事情有个收场再走。"

"绝不勉强您。"

"到底我做了什么？ 你有什么证据这样找人麻烦？"

"不说敬语也没关系，先生。"

"接了电话以后，好几天一直想着这件事，倒不是因为有什么对不起良心的事。 认识我的人中没有任何人怀疑我的人格或为人处事。 虽然如此，我还是好好地回想了一番，或许过去不知不觉间犯过什么错。 结果到今天为止，我仍然不记得犯过任何和法律抵触的错误。 你到底有什么把柄这样威胁我，我实在不明白。"

"法律对先生而言当然是可有可无的。 而且许许多多的人相信先生的人格并尊敬您。 问题就在这里，因为这样，这些资料才有充分的商品价值。 如果先生犯下盗用公款或杀人、强奸——对不起，只是举个例子——之类的罪，这些资料就没有商品价值了。 因为如果那些罪行暴露于人们眼前的话，先生将被逮捕，我也拿不到钱。但是如果法律和道德之间很模糊的界限有了微妙的偏差，问题就不一样了。 那么负有声望的君子宋教授身上有秘密和过失存在的传闻散布开来的话，人们会立刻竖起耳朵来。 我们有结构完善的组织和联系网，干练的成员缜密地计划着，长期跟踪先生，甚至您在国外的行踪也查得一清二楚。"

"挣钱的方法有那么多，你们年轻人为什么偏偏要选这种勾当……"

"唉，总是岔开话题！请别说不必要的话，快下个决定吧！"

"听你这么说，我也大略揣摩到了一点儿。 那是……"

"这么多事件中，我不知道您说的是哪一个。"

"咦，你说的些微的错失不就是指的那个吗？"

"您说说看。"

"你既然有资料也就知道，人哪能不碰到什么意外事件？ 那一点儿失误每个人都可能犯。"

"所以呢？"

受尊敬的学者，善良的市民宋教授就这样一边追溯过去，一边将长久以来积压在良心底层的小秘密和挫败感等等，像叨念自己的身世一般开始诉说。 每说完一段故事，在年轻人巧妙的诱导审问下，就会再吐露出比前一个稍微沉重一点儿的事件。 年轻人便有时肯定有时否定，偶尔还嘲笑或生气，直把人搞得筋疲力尽，让宋教授失去了自制的能力和隐藏自己过去的意志，完全像个在神父面前告解的教徒，将耿耿于怀的过去一点儿也不保留地倾吐。

　　是去年的事了。 下班路上下车后，他陷入了沉思，走上一条人烟稀少的小巷。 这时，看到一张一百韩元的纸币掉在地上。 宋教授下意识地弯腰去捡，不料纸币慢慢地动了起来。 想也没想捡了那钱要干什么，便跟着纸币往前走了几步，突然"哗"的一声纸币飞上空中，同时传来一阵刺耳的笑声。 一间小铺子的玻璃窗后，一个脸色苍白的少年晃动电线圈儿末端绑着的百元钞票，咯咯地笑着。 第二天，他在同一个地方又碰到同样的事。 因为前一天羞耻的记忆而心怀怨恨，他的行动变得冷酷无情。他装作不知道的样子从旁边走过，一脚踩上盯了半天的电线圈儿，拿下纸币举在手中。 小铺子里的少年放声大哭，跑出来握紧拳头"砰砰"捶打宋教授的肚子。 原来是个患了小儿麻痹症的少年。 少年的母亲在铺子里。 看到她透过玻璃窗怨恨地盯着自己，宋教授一下子涨红了脸。 玻璃窗后咯咯大笑和哼哼大哭的少年的脸，与他母亲怨恨的视线，久久困扰着宋教授。

　　也是去年的事。 晚上走着走着，碰上了一群闹哄哄的人。 四五个年轻人把一位头发花白的老人围在中间，狠狠地拳打脚踢。那是灯光明亮的大马路，围观的人也很多。宋教授想先阻拦他们，然后再问谁是谁非。如果放着不管，老人恐怕会被打死。可是他只是心里着急，当他在远处看到那些目无尊长的年轻人蛮横的暴行，脚就定在原地动也动不了了。他赶紧转移视线往来路走去，一边自言自语"这明明是杀人，这明明是杀人"。

几年前，他曾在一份杂志上连载《少女峰登山纪行》，颇获好评。可内容完全是捏造的。而在一旁怂恿他撒谎的就是世间大众。他计划去欧洲旅行时前往登山家都梦想一游的阿尔卑斯山。可参加了学术会议以后，一方面时间不够，一方面适合的同行者或装备都难一求，经费也不足，就只好放弃了出国时的计划，仅买了几本和阿尔卑斯山有关的小册子。一回国，登山爱好者们和记者们就蜂拥而来，紧紧追问阿尔卑斯如何如何，令人厌烦。看他们那逼人的势头，宋教授暗自心惊。若答以"没去"，则人们将对他登山家的资格产生怀疑，似会遭到"真是登山家的耻辱"之类的非难。不能辜负他们的期待，他陷入了困境，好像非得说点儿什么。正好手中有法国三流作家写的《少女峰登山纪行》，宋教授终于违背意愿，开始了生平最痛苦艰险的"登山旅程"。回想起来，真是一桩不愉快且令人厌烦的往事。

由于学位论文他有一阵子惹出许多争议，后来证明是崔教授毫无事实根据的恶意中伤。其实如崔教授所言，论文中参考引用约翰逊的"纯系说"在某种程度上是事实。但研究同一专业，有时论文中出现类似的章节不是不可能，而且那和别的学者为强调自己学说的正当性而采用前辈研究成果的方法类似，"参考引用"的程度还不至于需要担当"剽窃"的罪名。崔教授现在还偶尔在人面前挑话题，可他再怎么挑唆，也没有人主张宋教授应缴回学位了。

知道宋教授只有两个女儿，猜测他为了得个儿子或许和其他女人有什么暧昧关系，而用有色眼镜看他的也大有人在。其实两个可爱的女儿已让他觉得自己享有过分的幸福。挚友因病早逝，有空的时候他去看望他的遗孀和子女，鼓励帮助她们，人们却借此说长道短，造出不少谣言。所以当挚友家人有了困难必须鼎力帮助的时候，他却因畏惧人们的耳目而弃之不顾。到现在他还为此后悔不已。不管别人嚼什么舌根，自己都应该尽心帮助故友遗孀才是。

学校里发生学生的惩戒问题时，自己曾深深陷入困境。简直就是四面楚歌。一方面被谴责过分偏袒学生，另一方面又被批评为没有良知、无批判精神的伪君子教授。在教务委员会议上斥责部分学生的发言是铁的事实，可那只不过是一段极短的发言，而且也不是针对全体学生。他主张绝对不可宽容的几个学生，行动不识大体，经常惹是生非，有辱所有大学生的名誉。他亲眼见到他们宣称所谓的绝食抗议，却坐在教室里吃喝藏在衣服里的蛋糕、可乐，玩纸牌，因此再也无法克制心底的愤怒而在会议上发言。可是他发表的言论被误传——当然，他也知道故意在中间变戏法传谣言的人是谁——而受到学生莫名的误解和不信任。随着时间流逝，事情得到澄清，现在误会虽已化解，但对比任何人都钟爱学生的宋教授来说，这个事件是几件往事中最让他心痛的记忆和耻辱。

积郁胸中的往事全部倾吐干净以后，果然像接受了一番洗礼，脑子里轻松爽快。可是在和年轻人的纠缠的精神战斗中筋疲力尽的宋教授仿佛被痛打了一顿，觉得全身酸软疲劳。没什么特别的事儿却像重大事件一样被夸大，这个青年的思考方式让他在现实上很难接受。

一直贪婪地听着宋教授说故事的年轻人，在故事说完后仍然保持着倾听的姿势问：

"所以呢？"

"什么所以！你到底什么意思？我刚才不是都说完了吗？"

"都说完了？借着告白，其实先生您一直在为自己辩白，这就算说完了？真相一点儿也没有显露出来。跟我收集的资料差得太多。不过，好，谈话到这可以结束了，代价您一定准备好了吧？"

"到现在为止都是我一个人在说，你好像一句话也没谈……"

"对，我一句话也没说。"

"那么我没有理由给你钱，不是吗？"

"当然不，即使我来的时候对于先生的过去什么都不知道，我认为到现在为止先生说的故事也有充分的价值了。而且这信封里有所有的记录。您明白我的意思吗？"

完全不明白那是什么意思！脑子里似乎越来越乱。

唯一可确定的是，如果不给这家伙钱恐怕斗不过他。过了一会儿，宋教授从口袋里掏出一沓钞票：

"这是五万韩元，而且还是瞒着我太太好不容易从银行取出来的。"

"如果情况如此，好，我只收一半，另一半就表示我对先生的尊敬减免了吧。"

就这样，善良百姓宋教授用一沓钞票交换了那个信封。等年轻人离开了客厅，宋教授慌慌张张地打开信封，五张照片掉落在桌上。

瞥了一眼，竟是景福宫、雪岳山等名胜古迹的照片。

他抽出夹在一捆白纸中的信，读着读着，眼前一片黑暗，手簌簌地发抖。

尊敬的宋博士：

如前所言，我是社会心理学专业半工半读的学生。我现在正以社会性的背景、地位对现代知识分子的良心所造成的影响为题撰写论文。每收集一份资料，便再一次深切地确定没有一个人对自己的良知有百分之百的自信。

但经查证，先生您果然是大韩民国中最具良知的人之一。恳请您秉持信心立足于尘世。

尊敬您的学生
敬上

只有这么一张纸。 把信纸揉成团塞到口袋里，宋教授这才放声大笑。 狂笑一旦爆发就停止不了，像要将体内所有不纯粹的杂质借着大笑排除干净。 为监视年轻人出门而一起走到玄关外的家人都睁大了眼跑进屋里。 宋教授在不知所以、焦急不堪的家人面前，一点儿也没有克制自己的意思，带着狂笑离开了客厅。

　　第二天，受敬仰的学者，善良的百姓宋教授在常去的茶馆，和同样受敬仰的学者，善良的百姓朴教授、金教授见了面。 他们谈论最近盛况空前的围棋国手大战打发时间。 见朋友们没有一点儿要讨论其他话题的迹象，宋教授也很谨慎地将诡异电话的故事咽了下去。

羊

"那个冤家，还没死啊？"

这是说的允锋。从外头回来，母亲总是以这种方式问候老幺。允锋得了麻疹。每听到母亲这么说，我的心就像针扎似的火辣辣地疼。一方面感谢我自己是在我们家还算幸福的时候得了那可怕的病。其实深究起来，那真是无谓的担心。我和允锋生病的时机与立场完全不同，因此根本不需要去想象七年前像现在待允锋一样可能加之于我的虐待。我反而很有自信能理解母亲的心情，于是和母亲一个鼻孔出气，切切期待老幺的病以悲剧结束。如果可能，我甚至想亲自结果了他。因为下不了手，所以希望他自己一死了之。从希望他得传染病而死的心情来说，母亲比我更急切。 四岁大的小恶魔，在满四岁前死去实在再当然不过了。 除了不在家的父亲以外，家里每个人都露骨地希望允锋早一日死了干净。 他虽然违背了我们的期待顽固地支撑着，但除了父亲，家人都坚信最后定会如我们所愿。 一天比一天恶化的症状，实实在在地支持着我们的信心。

因为我们所无法理解的某种失误，父亲几次陷入困境。 而父亲的困难并不总是只有他一个人承担，我们这些黏着父亲的一张张口也不能置身事外。 不幸总是以危害父亲肉体的方式敲响我家大门。 深更半夜喝个烂醉惹上是非，当时比生命还重要的良民证被没收。 之后过不了几天，在街头的检查哨被逮个正着。 就像母亲发的牢骚：没钱又没靠山。 父亲和其他同样没钱没靠山还倒霉透顶的男人一起被关在市中令人心神混乱的仓库里，等候将劳工送到前线去的火车。

从父亲回不了家的那天开始，我们的黑夜变得特别长。 白天固不待言，到了晚上，一段一段的痛苦更以难以承担的重量恶狠狠地压迫着我们——尤其是我。 不属于白日的某种东西显然由黑夜所拥有。 该怎么说呢，那像大麦田里等着劫取人肝的麻风病人①吹的笛声；又和有时从小睡中惊醒上厕所，在月光下猛然撞见晒衣绳上的白衣打的冷战一样。因为父亲的事，母亲一准备好早餐便急匆匆地出门打转。出门前，母亲总是一声叹息，就把所有的一切扛在了我的肩上。扛着那份重任，我一整天无所事事，只翘首盼望母亲带着好消息回家。可是深夜也不曾听闻母亲的声息。那声叹息一点一点地吞吃着黑暗，像从山坡上滚落的雪团，渐渐膨胀，不知不觉变成了痛苦和无边的恐惧，幻想着不一会儿就连我的身体也将被吞食掉。这时候，我唯一盼望的是趴在母亲背上哭着使性子的老么，早早像撞在岩石上的雪块一样粉碎。为了驱散痛苦和恐惧，我高声嘶喊，要不就是没天没地地大哭。然后在声嘶力竭中恍惚睡去。在母亲回家说那句话把我惊醒之前，我所享有的平安是那么的短暂。

"那冤家，还没死？"

四岁的恶魔。不知从何时起奇异的迷信支配了我们。如果不那么想，绝对无法解释我们遭遇的一连串不幸。那些对父亲的试炼把我们推到了极度贫穷和沮丧的深渊，这肯定和允锋密切相关。那家伙总像幽灵的影子

---

① 译者注：传说麻风患者食人肝可治愈。

一样盘踞在人们背后，将诺夫的南瓜子一颗颗衔来丢在我们家里。①恶魔派遣允锋，来将我们的家庭引上毁灭的道路。 在他那白痴般蜡黄的脸和天真烂漫笑容的另一面，我们清楚地看到那黑色的翅膀。 当他结结巴巴地模仿演说和唱军歌逗人时，不难找到那匕首般一伸一晃的舌头。四岁的小恶魔，我们家的允锋。

父亲否认有那回事儿。 不仅不承认，凡是瞄准允锋而倾倒的一切冷眼相待和欺凌，父亲都挺身替他当了箭靶子。 可再怎么努力，周围对允锋的批判也没有一点儿改善的迹象，因为种瓜不可能得豆。 父亲的工作首当其冲。 在郡政府平安无事地干了很长时间，没有什么说服得了人的理由就突然上了裁员的名单。 不明来源毫无根据的谣言紧咬着尾巴，凌辱父亲近乎愚昧的诚实。 比如说，被扣上盗领公款的罪名；在某个时期行踪交代不明而暗中受到调查；或被评为没有能力。 直到父亲完全辞掉郡政府的工作为止，各种折腾父亲的嫌疑都像尘螨一样黏着他不放。 后来因酒醉回家途中被没收良民证，使父亲成了半死不活的鬼样子。 这一切，父亲只是归因于自己

① 译者注：韩国的童话故事《兴夫与诺夫》中的情节。心思险恶的哥哥诺夫得到的南瓜中掉出来的种子都是恶魔和不幸。

的无德，感叹时运不济。可是在我们看来，将这样以一定的间隔井然有序地发生的事件视为偶然而死心接受现实，总觉得有点儿冤枉。错不了，那完全是被一根看不见的丝线操纵的、有计划的犯罪行为。紧紧抓着这丝线另一端的人就是允锋。既下了判断，我们绝不会像去远足一样轻率地行动。在切实体会到幼稚无知的行动是使一个家庭陷入不幸之深渊的起点之前，总要经历一两次无法言说的痛苦——如果没有经过长时间的犹豫和强烈的罪恶感，是不可能这样归咎于允锋的。可是又能怎么办？前后情况或目所能及的各种证据都只对允锋不利，而且以母亲为中心，我们这些至少比他大上一岁的兄长很有默契地所下的判决，是经过良心的充分审查而达成的不可改变的结论。所以能怎么办？

允锋本来有点低能。虽然长得有模有样，也找得到几分可爱的地方。可是如果仔细观察，从他涣散的瞳孔里很容易发现他是个天生的傻子。快两岁时只会说"吃"，而且是不分时间场合缠着人喊。学步也大约在那个时候。总之邻居已公认他不算个正常人。虽然心疼，父亲、母亲也只能承认那个事实。不能随心所欲的事都用号哭来解决，一旦决了堤就没完没了。如果稍稍满足了他的要求好不容易停止哭泣，便呼呼大睡。大人们每看到他那副睡相就不能不忧心。被确定为傻子以后，起初他只在家人的同情中成长。然而，当他显露那异于常人的固执以后，连那点儿同情也渐渐消失。因为他碰也碰不得的固执，再没有一个人会爱怜地摸摸他的头，可他一点一点地长大的样子——这么说虽然有点儿罪过——仍然可观得让人觉得不可思议。然后朝鲜战争爆发了，人民军南下开始在村里驻扎。

有一个稚气未脱的人民军，他的举动和担当的任务非常特殊，一到村里就惹人注目。在村子的里里外外漫步打转，整天和我们这些毛头小子打交道就是他的工作。不带枪，抱着一块及腰的脏木板，木板上歪歪倒倒坐着一只小巧玲珑的用铁链拴着的牲畜。它用锐利的爪子在板子上"吱！吱！"刮着，充满敌意的眼睛俯视着每一个人。孩子们为了看它，跟在少年兵后头乱跑。如果那是为了聚集孩子而使的手段，那么他从第一天起就达到了目的。可是他说的话我们一点儿也不相信。每当他说明那猫一般大的东西是从山里抓来的幼虎，我们只信他一半，至于其他的话就哈哈一笑打发过去。在平原成长的我们，要区分幼虎或母猫可不容易。为了解开孩子们的疑惑，有一天他做了一件事。我们依他的支使行动，抓了一只比木板上那家伙体形略大的小狗，关在承赞家的养鸡场里。　在我们准备时一直躲在远处的人民军小兵，抱着那只牲畜慢慢走了出来。　接着，就在我们眼前发生了一件奇妙的事。　小狗被蜜蜂一样聚集的孩子们的嗡嗡嘈杂声吓得僵着四条腿缩在养鸡场一角，突然"吼！吼！"低吠起来，口鼻贴在地上嗅了嗅，慢慢走近少年兵看了半天，终于疯了似的跑了起来。　少年兵把铁链松松地攥在手中，将那牲畜丢到养鸡场前。　离了主人的手，那牲畜令人炫目地纵身一跳，就站在了养鸡场的铁网前。　它把铁链扯得直直的，咆哮了几声，前爪在地上猛扒，扬起白色的尘土。　比起小巧的体形，那缠着条形花纹到处冲撞的姿态超乎想象得凶猛而迅速。　瞪视着养鸡场里的两颗圆眼散放出的杀气，连耀眼的阳光都要黯然失色。　小狗在威胁下惊恐地失去重心而不知所措，体型比它还小的敌手再次跳起贴在铁网上时，它也跟着"噌"的一下跳起，却凄喊一声倒在地上昏了过去。　夏日大白天里的野蛮行径，在骄阳下承赞家的庭园一角，一眨眼就结束了。　现在它成了一头不容一丝怀疑的猛兽。　要了一场恶戏之后，那只幼虎又回到了主人的怀抱。　只不过眨眼间，一头猛兽摇身一变，成为一只驯良的母猫，舔舐着刚才弄脏的脚掌。　可是我们谁也没上它的当。　虽然长得俊巧，但我们很清楚，只要下了狠心，它无论什么时候都会展开攻击，咬着对方的颈项不放。 没有人开口。 因为谁也不敢冒失。 我们保持着沉默让令人胆战心惊的景象一幕幕在脑里回放。 在火一般的骄阳下，我们淌着汗一动不动地站着。 这时，突然听到一声轻佻的笑声，是从我的胳肢窝下发出的。 如果不是那笑声，允锋像个吊袋似的贴在我胳肢窝下的事我恐怕早已忘得一干二净。 允锋入神地仰望着少年兵胸前抱着的幼虎，张着的嘴不断发出傻瓜般的"嘻嘻"笑声。 生平第一遭所见的景象的冲击，敲响了允锋一向在沉睡中迟钝的共鸣箱。 所以虽然稍微迟了一点儿，总算还有本事产生了那样冒失的反应。 可是在我听来，那放肆的笑声将那一经一纬严谨地织成的黑色帷帐般的氛围不经思考地撕扯，冒渎了人民军和幼虎的权威。 一致扫向允锋的视线让人没来由地不安起来，担心这小子惹的祸会殃及池鱼。 可是没有发生任何事。 老虎没有撕烂允锋的后颈，人民军也没有开口叱喝。 出乎意料的，那少年士兵反而向着允锋宽容地笑了。 他向这个对他得意的试验首先有反应的傻子表现了自己的友好之意。 我家老么的失误还不止这一个。 少年兵终于向我们这些毛头小子开始了他准备了一遍又一遍的演讲。 他将他们的头儿①以老虎为喻，童话式地编了一个故事。 "英勇的领导同志……"他握紧拳头使劲地喊。 允锋那小子很快地插嘴学舌"庸庸的领导同志……"那结巴而口齿不清的学舌带来的喜剧效果，令人不能不捧腹大笑。 孩子们像忍不住瘙痒，"咯咯"笑了开来。 允锋这下子得意极了，演说只要到了紧要关头，他一定学着比画一番。少年士兵自己也无可奈何露出看起来很和善的笑容。 即使没有允锋几次打断使他没法掌握听众，那也不像是一场好的演说。 在不断的干扰下总算说完了，他"咯噔咯噔"走到允锋跟前，一把抱起允锋。 看着少年兵用光秃秃的下巴搓着允锋的脸颊，我们大声欢呼。 对一直活得很卑贱的允锋而言，这不啻是他灿烂日子的始点。 他成为话题的主角，生平第一次受到人们瞩目，那绚丽的记忆，恐怕到死也不会忘记。

　　父亲大概不会回来了。 但抱着一丝"或许"的心理，我们每天在炕头被褥下埋一碗杂粮饭。 夜里，渐渐到了该处理那碗饭的时候了。 弟弟妹妹们以非比寻常、比时钟还准确的第六感猜准了那决定性瞬间的到来。 果不出所料，越过山坡，夜车经过南岩村脚的铁路响起长长

———————————

① 译者注：指当时朝鲜的领导人金日成。

的汽笛。 那汽笛声一下子在弟弟妹妹们的眼里燃起了火花。 比我小两岁的允锡和唯一的妹妹成子亮着眼坐着，观察我的眼色。 在汽笛余音渐渐消失时，一向是母亲终于下定决心似的沉重地点点头，向我们发出慈悲的讯号。父亲迟归的原因大体和狂饮有关。 在喝醉了酒迟归的夜里总是饭也不吃就钻进被窝里。 我们希望父亲喝醉酒歪着步子回来，其实心里都是有算计的。 夜已深了，父亲被抓去当民工关在收容所，在这时间几乎不可能回来。今晚熄灭弟弟妹妹们眼里燃着的火花的人不是母亲而是我。 如母亲所做的那样，这次换我终于慈悲地点头允许。 父亲被抓去当民工的消息、允锋急促地喘息要赖的哭声，都打消不了他们的食欲。 连年饥馑咬着战争的尾巴不放，把孩子们塑成贪婪的无底洞，这几个家伙很无情地将一碗杂粮饭眨眼间抢个精光。 受饥饿煎熬的人并不只有他们，可他们却连一颗饭粒也没留下。

"听钟国说，民工每天吃大米饭呢！"

允锡用袖口"霍！霍！"擦了擦嘴讪讪地说了句风马牛不相及的话，我没搭腔。

"那我们爸爸今晚有大米饭吃喽？"

成子不识时务、口气轻浮地插嘴道。 我一直希望他们能知道我已经火冒三丈了，所以故意不加入他们的闲嗑。

"大概是吧，爸爸大概能吃大米饭。"

"那明天早上也吃大米饭喽？"

"肯定是。"

"中饭也是？ 晚饭也是？"

"是呀，餐餐都是大米饭。"

这几个家伙是那么一本正经。 在说到"大米饭"这个词时特别加重语气，仿佛言及什么思念的人，或一放手就会打破的东西似的，很珍重地从嘴里吐出来。 不管允锋是不是在一旁哭闹，他们似乎就打算那样放宽心事喋喋不休地闲聊。 可是因为困倦，加上吃得太饱，他们开始点着头打瞌睡，不一会儿就歪倒在炕上。 好像还要继续那未完的"大米饭"话题，他们脸对脸躺着，一转眼打起呼来。 我哄着用带子背在背上的允锋，在逼仄的房里小心蹭着没人躺的地方踱来踱去。 允锋连一只眼也睁不开。 他紧闭着双眼只勉强剩下一张嘴闹个不休，惹人厌地宣告他还没死。 早晨还只在脸部才有的红斑渐渐往下蔓延，好像蒙上了火花全身通红。 刚发病的时候，以为只是换季流行的感冒，大家都习以为常。 连经验丰富的母亲也不在意，只道"那么个小不点儿什么感冒呀"，没有一点儿关心的意思。 过了四五天，高热缠身，好像什么不祥的预兆，这才知道是得了麻疹。 按我家的境况别说去药房买药，就是买一把米熬个稀粥的钱也没有。 有病痛的人如果不是允锋而是别人，或许还会采取好点儿的治疗方法。 可偏在这祸不单行、雪上加霜的时节，病的又是我们家最贱的老么。 稍考虑了一阵，母亲选择了民间土法，还斩钉截铁地说那是以我们的景况而言所能采取的上上策。 母亲不知从哪儿弄来了一碗活生生蠕动着的河虾，丢在大锅里捣成了汁喂允锋。 烧还是不退，于是又用竹叶和树藤混着煎成药汁喂他。 是不是托了河虾和竹叶的福倒不知道，总之似乎有一点儿见效。 可那也是短暂的。 才过了一天，似乎略减气势的热度一眨眼再度往上冲。 连直觉迟钝的允锋也看出了点儿苗头，似乎通过什么特别的本事知道唯一祖护他的父亲不久就要被拉到战场上去了。 他手脚不停地蠕动，哼哼唧唧吵闹不休，被紧紧绑在襁褓里的身子就直往下滑。 母亲还是没回来。 为避免希望落空而带来更大的失望，我总是把母亲归家时间的卦打在最不吉的一方，但每次也总是输得很惨。 我借着把允锋下滑的身体重新绑好的动作来计算时间，郁闷而无聊的时间好像会让我比允锋还早死。 明知那是在欺骗自己，我仍然自我暗示等襁褓再绑十次母亲就会回来。 在计算那十次的时候，不知不觉过了宵禁时间。 别说背允锋，我已疲倦到连自己的身体也支撑不了。 低头看看横七竖八睡倒在地上不省人事的那几个家伙，因为愤怒、困倦和膝盖立刻就要折成两节似的疲劳，我真想放声大哭。 越是这样，允锋这家伙越是扭来扭去折腾人，体重渐渐膨胀得像个米袋子，然后像个粪堆，渐渐成了稻谷堆，最后膨胀成一幢房子，以惊人的重量压在我的背上。 每天饿肚子瘦弱不堪的兄弟中，只有我有力气背负行尸走肉般的老幺。 而唯一觉悟到家中除了我以外没有人能担当这个工作的人也是我。 所以妈妈不在时把允锋交给我，渐渐捏紧他的脖子结束他生命的事，便掌握在我的手中。 我很小心地在空隙间落脚以免踩到躺在地上的那几个家伙，一刻不停地踱来踱去，一边细想母亲在这深更半夜到哪儿去做什么了。 道德上的疑惑就是在这时候悄悄占据了脑子。 我突然开始怀疑起母亲，说不定打算把我们扔掉逃得远远的。 不，已经跑掉了也未可知。 到现在还不回来，我的猜测恐怕错不了。 以前承赞的妈妈就是如此。 承赞的爸爸被拉去当民工以后的几天，他母亲在头上顶个包袱装作沿街叫卖的商人，然后再也没有回来。 那晚，承赞背着刚断奶的承福，在漆黑的乡间小道上游荡了一整夜，哭声传遍村里的每个角落。那时，母亲因可怜这两个孩子，而像自家丑事一样地辱骂那个逃走的女人，现在她竟做出跟她一样的事。 想到明天将会见到承赞，这简直就是一场噩梦。 可想而知那家伙会在更多的孩子前，用比我对他厉害几倍的讽刺辱骂来报复我。 好像连口水也要吐出来一样在我面前以牙还牙。 与其承受那种耻辱，我还不如早早死了痛快。 真想一死了之。 想死的念头转成哭泣从我的嗓子里直往上蹿。 有人"砰！砰！"猛敲我家大门。 有人大声叫我的名字，不止一次，从刚才就持续不停地喊。 是我们逃走的母亲，是原以为丢下我们逃跑的母亲凶狠地催着开门的声音。

"那冤家还没死？"

母亲一边跨过门槛儿一边用疲倦不堪的声音不耐烦地问。 我没有回答。 我和母亲之间还有比回答问题更重要的事得处理。 不管用什么方法我都想得到确实的答案。 对母亲虽然晚却总算回来了的感激之情，以及尚未消除的疑惑，把我搞得焦急不堪。

"见到爸爸了吗？"

"见到了。"

"除了爸爸没见别人？"

"见了教堂长老求他把你爸救出来。 不知道是你老子还是谁的朋友也见了几个。"

"没去别的地方？"

追根究底逼供似的气势好像有点儿过分。母亲接过允锋，突然瞪起了三角眼，但看来还努力忍着。

"这么晚还能见谁？"

"真的？"

"嗬，该死的家伙！"

眼前突然一片黑。这段时间忍了又忍的不耐和怒气集中到母亲的拳头里，它们像捣杵一样狠狠地落到我的背上和头上，耳刮子扇得我两眼冒金星。但我衷心地对母亲感谢又感谢，在感谢中好不容易睡着了。

老虎事件以后，允锋有了很大的变化。不仅模仿演说，在唱军歌方面也发挥了他的特殊才能，登时成了村里的名人。不分男女老少，允锋在村里不管到哪儿所受到的重大欢迎不能不令我们家人吃惊。人们一向完全把允锋当白痴不理不睬，为了看他竟特意跑到我们村子的凉亭广场；在路上走着也一定叫下来看看。可老实说，即使像这样受到惊人的注目，允锋的才能也并非能够一朝一夕突然耀眼地成长的。他的发音仍然那么含糊不清，中间常常结结巴巴忘记歌词。而且唱到一半露出的傻笑和迟钝的动作，充分证明了他仍然停留在无可救药的傻子状态。尽管如此，人们还是紧紧地跟在允锋的屁股后头纠缠不清，实在令人不解。 对此，父亲的见解或许是对的。 每当为允锋发愁的时候，父亲就会说马戏团里熊的故事。 熊本来是愚昧的动物，人们对它的期待一向从最低水平开始。 训练以后，在那最低水平上即使只表现了超越一分的行动，人们也觉得那是很了不起的才能而给予掌声。 允锋就是一头熊。 为渐渐成为熊的允锋而伤心的只有父亲一人。 父亲在悲伤之余还很愤慨。 他慨叹村民们的热情背后隐藏的不良居心。 他们在渐渐显露了欢迎人民军并与共产党积极合作的态度时，利用不懂事的孩子做挡箭牌。 父亲心中不为人知的痛苦总是被母亲瞧不起。 "不是很好吗？"一边说一边反而用满足的眼神看着允锋。 允锋不可能知道父亲的苦闷，倒是对别人给予的掌声十分兴头。 从人民学校放学后我经常牵着允锋的手向村子里的凉亭广场走去。 配合着人民军少年兵的指挥，我们像知了一样每天唱歌度过了一个夏天。 那位少年兵如娴熟的驯兽师强化训练允锋，我在一旁帮助他，觉得人生有了意义。 为了让他正确地背歌词而造的同音字发音也一点点纠正到几近正确。 如果没有足够的热情，这是很难办到的苦差事儿，需要有空手抓蜻蜓般的耐性。结果，允锋从头到最后一小节歌词"卑鄙的小子要走就走吧"都唱得有模有样，实力很明显地提高了。 每唱完一曲，人们就用赞叹的眼神看着昨日还是傻子的允锋，不吝惜地送上掌声。 少年兵每每一脸自豪得要命的表情，十分得意地绕着亭子走一圈。 没有人敢小看我们兄弟。 有一个为众人所知的弟弟，换句话说，是可以耀武扬威也没有人会找碴的。 允锋很容易受诱惑，人们只要有心，随时都能动摇他，用几句赞美之辞上紧他的发条就行。 同样的演说、同样的军歌不断反复，像一台构造单纯却永不会发生故障的坚固的电唱机。

"这是最后一块了。 现在连个换吃的衣料碎片也没有了。"

父亲被拉走的第三天，母亲关上结婚时带来的旧柳条箱的盖子，脸色极为凄惨地说道。 是叫我们都听清楚的意思。 这是对我们旺盛的食欲严酷的讥讽，同时也是恐吓。 母亲颤抖的双手，像将牺牲品献在祭坛上，哀戚地捧着一套花纹高雅的韩服毛绒。 父亲失业后断了经济来源，实在到了最紧急的时刻，母亲翻开了她的柳条箱。她把我们全赶到外面去，独自在房里一件件掏出她秘藏的衣料。 然后仔细地把箱子收好才叫我们进屋。 母亲为了不让我们看到泪痕，头低低地歪到一边儿，用包袱包上衣料。 每次都不忘宣布"这是最后一块了"。 别的兄弟不知道，我可清楚得很。 我相信"最后一块"的下一个"最后一块"将源源不断。 虽然没有亲眼看到箱底，但那里头造得出无数绢丝绸缎，换句话说，那是像童话里的阿拉丁神灯一样会变魔法的宝盒。 可是，那天母亲在我们眼前第一次也是最后一次敞开柳条箱让我们看了箱里。 如母亲所说，已经见底了。

　　用卖掉衣料得来的钱，母亲难得大显身手做了许多好菜。 用那样的方式消耗掉我们家最后的财产，从一开始我就不情愿。 那完全是浪费。 就我们的境况而言，这是一种过分的奢侈。 而且，那久违的——真的是很久了——令人垂涎的菜肴完全是为了父亲一个人，为了送去收容所给父亲而准备，成了令人难以忍耐的悲哀。 可是对我而言这样倒好。 只要能够摆脱背着允锋整天受折腾的苦差事儿，比那更悲哀的事我也能忍受。 我决定服从母亲的使唤，提着装满菜肴的大篮子出门。 到民工收容所的路途相当遥远。 配合着踢踏踢踏往前拖着的脚步，在布巾覆盖下堆叠的碗具不断互相碰撞发出"当当"的声响。反复想着母亲的千叮万嘱，经过了田野，又过了一座山。母亲差使我做所有的事，却始终不信任我。 "绝对不可以掀开布巾看，就算只动了一小块泡菜，小心我撕烂你的嘴。 你可听明白。"仿佛刚看到我偷吃了什么似的，母亲追到门外，板着凶恶的脸交代又交代。 到了布满土坟和墓碑的小树丘陵，那是丁氏家族的祖坟，丁家在人民军的管辖期间惹上灾祸几乎已家破人亡。 杂草虽已枯黄，但有一人那么高，还保留着夏天茂盛的痕迹。 从杂草和松树的枝干间可以看到山坡下的风景。 任何干旱时期也从来没有断过水的丁家梯田里，几个村里的女人——绝不是丁家的人——正在秋收。 好像在趁休息的时候吃点心，她们停止割稻，用镰刀削了什么吃了起来。 看到他们"咯吱咯吱"啃着大概刚从田里拔起来还带着新鲜黄土的萝卜，我突然觉得头晕目眩。 刀割似的饥饿感在肚子里横冲直撞贯穿我的腰部。 我出门的时候根本不曾动过掀开布巾的念头，可是母亲不相信我，口不择言对我说了许多不需说也不该说的话。 她的态度无异暗示我该让什么事发生。 那么以后不论发生什么事都不是我的责任了。 "就算只动了一小块泡菜，小心我撕烂你的嘴。"在心里反复咀嚼着母亲那叮咛不像叮咛的话，我打开了篮子上的布巾。 起初我决心只看看有哪些东西就盖上，后来决定除了掰一点儿煎蛋圆圆的边尝尝味道就绝不动别的东西。 不干我的事。 尤其米饭更是如此。 只要刮下饭碗上端尖尖耸起的部分就封上嘴。 可是，虽然我一直想巧妙地保持原来的样子，不知不觉篮子却空了一半。 那绝不是我的责任。 烧肉或烤青菜肉串的味道和腌萝卜不可能一样。 而且几乎成了我们主食的酒糟粥和糠麸饽饽，有时也没有，用狗尾巴草穗舂成粉做的疙瘩汤，也绝对无法和在舌尖上像油一样融化的新米饭比较。 母亲早就应该想到这一点而做好预防措施才对，而不是一味地威胁我"不要打开看"。 这绝不是我的责任。 可是脑子里却闪过父亲看到装煎蛋的空盘子时复杂的表情。 肛门突然产生便急而恐慌不安。 控制不了一时的冲动，我不由得抓起盘子丢了出去，撞在丁家祖坟的石碑上，响起骚乱的"哐啷啷"声，砸成了碎片。 现在没有了证据，父亲可能对我失望的问题也没了。 然后眼前浮现了母亲的脸。 在"哐啷啷"的余音消失之前，我已经开始后悔。 我醒悟到自己的行动是多么愚蠢。 如果追问盘子哪儿去了我该怎么回答？ 还不如埋在杂草堆下，回来的时候再偷偷放回篮子里。 如今已是覆水难收。 在山上耽搁了太久，如果不想挨更多骂，必须赶在午饭前送到。 那么动作得快。 我加紧了脚步。 火烧屁股似的赶路，在离家将近一个小时后总算进了城里。 很快到了市中心那令人情绪纷乱的仓库。 挤过聚集在仓库前广场上的嘈杂人群，周围不知怎的环绕着一股紧张的气氛。 父亲真的成了民工，真的马上就要到前线去的时间越迫近，这才越有真实感。刚好赶在午饭时间。 宽敞的广场上钉着木桩围着绳圈，把将被拉去当民工的人和来会见的家属隔开。 外围有扛着枪的宪兵守着。 我挤过人群空隙，在绳圈外找到了父亲。 数不清的没有钱也没有靠山，加上时运不济的人排着长长的队，等着领一个掺了很多大麦的饭团。 他们满脸胡茬儿，衣衫褴褛，还有一个很显眼的共同点，就是好像怕裤子滑落，不管坐着或站着，大家都紧紧抓着裤腰。大概是为了防止逃亡，腰带全都被没收了。 每个人似乎都是一副手足无措的模样，还好行列里的父亲先看到了我，高高举起了手。 轮到父亲领了饭团，沿着绳圈走近，接下我递过绳圈的篮子，非常不自然地"嘻"地笑了起来。 为了不错过父亲掀开布巾那一瞬间的第一个反应，我极端紧张地等着下文。 完全如我所预测的。 有意无意打开饭碗的盖子，父亲的眼瞪得圆圆的。 好像看了不该看的东西慌忙盖上布巾，然后用手掰下领来的饭团一角塞进嘴里。 直到吃完饭团父亲一句话也没说，只像反刍的牛一样慢慢蠕动着嘴，没有再看一眼推到一旁的篮子。 一直停留在父亲脸上的悲戚的表情使我抬不起头来。 比空腹更痛苦的饱满感纠结成一个拳头，在肚子里肆意游走刺激着肛门，使我直想冲到厕所去。

"肚子饿吗？"

父亲说话了，一边笑着。 那出乎意料的笑容带给我很大的冲击，卑屈到几乎会让人误以为是在向我阿谀，使我非常不安。

"把这个送来，辛苦了。 我不想再吃别的，既然已经送来，你吃吧。"

为了表现得对篮子里的珍馐一点儿贪念也没有，我使劲儿地摇头。 父亲又恢复闷闷不乐的表情垂下眼睑。 顺着父亲久久停留的视线望去，我看到宪兵脚上闪闪发光的皮鞋足以令秋天耀眼的蓝天失色。 就在鞋旁，一个刚被丢弃的烟头冒起一缕丝线般的白烟。 我知道了父亲想要什么，帮他遂了心愿。

"谁叫你捡这个来着！"

父亲用相当恼火的口气责备似的说。 可是在责备之前，眼中已传达了一闪而过的感谢。 那就够了。 一边期待父亲借着这个抚平对我的失望和不信任，一边注视着他将烟雾深深吸进胸膛。

"允锋还好吗？"

我答是的。

"幸好还没什么问题。 交代过你妈好几次了，你也要好好儿照顾允锋，别让他有什么不好的事。"

父亲气也不换，"吧嗒吧嗒"紧吸着烟，然后将好不容易甜甜地吸进去的烟雾，一口气苦涩地喷出来。

"你也知道，那么小的孩子有什么罪？ 要说有罪，除了投错胎以外还有什么？ 允锋是个没有一点儿缺憾的孩子，绝对不可以随便放着他不管。 你懂我的意思吗？"

我答话之前，父亲直直凝视着我的眼，然后把视线垂到了地上。 这时响起午饭时间结束的哨音，我们听到四处的宪兵凶恶地高喊，四散的人群开始集合。 为了把话说完，父亲非常急促地说：

"看收容所挤满了人，大概出发的日子也不远了。你妈再怎么托人情也没办法，反正我是要走的人。 回去好好地告诉你妈，别浪费工夫到处乱跑，守在家里好好照顾允锋。"

最后又长长地吸了一口，父亲把短得连夹手的地方都没有的烟头丢在地上，抓紧松脱下滑的裤腰，迈着蹒跚的脚步渐行渐远。 看着父亲的背影，我忍不住要掉下泪来。 一直渺茫地相信有只看不见的大手保护着我们家，别人都被抓去当民工，只有我们父亲能侥幸脱身。 一瞬间，那信任彻底地崩溃。 都是允锋的错。 在父亲面前虽然不得不点头答应，我现在一个人站在绳圈外，却想着我家所有的不幸，都是因为允锋那家伙和恶魔携手造成的灾难。

收复失土，赶走了人民军，为填补空白而重新树立警察的威信至确实保障治安以前，我们村也不例外地喧闹异常。大人们流了许多血，受了许多伤。如果还有睡了一觉醒来仍安然无恙却不知感恩的人，那就是我们这些小孩子了。俘虏、逃亡、杀害，那些凶险的骚乱无论何时都仅限于成人。在我们的世界里，从没有听过任何人直接受害。尽管如此，我们还是知道要小心自己的言行。因为说错话会变成什么德行，从大人那儿已间接有所体验。但惯性是很可怕的，虽然那么小心，还是常常吓得毛发倒竖。一个人走在乡间小路上或孩子们聚在一起玩儿的时候，不知不觉就会冒出一句已在脑里生根的人民军歌。唱着唱着忽然警醒，便本能地察看四周是否有人。我们的母亲比任何人更惊恐，经常一面喊"糟糕！"一面狠狠地骂人。母亲所说的"糟糕"就是"死"。为了不让我的嘴里冒出那些歌词，母亲费了许多心思让我联想比噩梦还恐怖的场景。其实那全是多余的。我还记得巨大的自行车链条像一条长长的蛇，"啪！啪！"抽打在荣久家膝盖已经折断的大伯父腰背上，让他立刻皮开肉绽。也清楚地记得就地枪决的枪声和凄厉的嘶喊在深夜震动整个村子。

为了完全扫除驯养幼虎的少年士兵颠倒是非黑白在我

们脑子底层所造成的混乱思考，花了相当长的时间。 渡过几个生死关头，我们才得以摆脱人民军歌，高声唱起在学校学的新歌《消失在花郎牌香烟烟雾中的战友》。 可问题在允锋。 要让他理解世界已经改变，比用竹竿摘月亮更不可能。 那家伙无法了解那么宝贝他的少年士兵为什么突然弃他而去。 也全然不解对他的歌声不吝惜地鼓掌称赞的村民们为什么彼此像签了合同似的一夜之间全变了心，又像过去将他当傻子一样再次对他视而不见。 老实说，就允锋的立场而言，是没有必要知道或理解的。他的脑子里依然转着唱盘，只要他愿意，打开开关就行。他以为只要打开开关，那光芒四射的时节和绚烂的记忆就会驻留不去。 虽然可怜，但大家都以为那是随着时间逝去自然能治好的病，所以并不怎么担心，只是怕他那现在已不能捧出来炫耀的习惯突地蹦出来，可能的话就尽量让他在家里玩儿。 但这根本不可能。 日子一天天过去，我们开始觉得事情总是脱离我们的预测而恐慌不安。 我们对允锋又哄又骂，都没有用。 每当想受人称赞的欲望升起，他便不分时间、地点精神抖擞地唱起人民军歌。 每每听得我们全身寒毛直竖。 那是呼唤血灾的声音。 在这"你打我一巴掌我要用矛刺穿你的背脊来报复"的时代，如果行动异常，不只几乎败家的丁氏一家，村子里恐怕有许多人会立刻赶了来。 为了在他们面前连芝麻大小与旧时代有关的痕迹也不显出来，村里人都惜字如金，把舌头藏在了口袋里。 常来家里串门，和母亲年纪相仿的女人们听了几次允锋的演说和军歌后，明显很忌讳和允锋视线相接。 "现在是什么局势呀！"她们委婉地向母亲提出忠告，这绝非过分之辞。 母亲怕让谁听到，总是用手捂着允锋的嘴，但不管用什么方法也拗不过那固执的小子。越是阻拦他越是鼓足了气不让那已成泡沫的荣誉从手中溜去。 我们没有合适的礼物可以代替那生平头一遭成为众人关心的对象时的绚烂记忆来满足他。 该吃饭的时候，他扯开嗓子高唱军歌来引起母亲的注意，好得到一碗饭。结果"这个冤家"开始成了母亲的口头禅。 而且村子里渐渐传开了消息，允锋以与以前完全不同的角度再度成名。 对于儿子成了危险的有名人物，父亲的宽宏大量令人惊讶。 "不懂事的孩子闹着玩儿，谁会拿它挑是非呢？"其实正如父亲所说，到现在为止还没有一个人抓着允锋的把柄，紧紧抓着链条或竹矛到我家来。 可是，还没有来和不知道什么时候会来其实是一样的意思。 不知从什么时候起，不幸悄悄地在我家大门前窥视，想要加害于父亲。 而允锋终于被我们指为招来不幸的怪物。

违背了父亲的嘱咐，母亲再度出门去。 在鬼门关前徘徊的允锋走投无路又被交到了我的手中。 母亲找的人不问便可知是教会的长老。 因为他是广为人知的乡绅，救出父亲可能使得上劲。 母亲曾有一阵子很虔诚地上教堂。 那是常有外国慈善团体赠送救济品的时期。 母亲曾经抱持那么深厚的信仰，不知道为什么突然就停止了上教堂的脚步，看来没有一点儿留恋的样子，每个星期天在家无所事事。 现在情况紧急，她三天两头地去找金长老，一定是下定了决心，如果事成，即使没有发放救济品也要再上教堂做礼拜。 依昨晚透的口风，大概金长老的活动露出了一些可能性，母亲便将全部希望寄托在了他的身上。

母亲察看了一下允锋几乎已是危急状态的病情就出去了。 允锋呼吸不均匀，像烧开的水壶，热烘烘的气息从嘴里不规则地吐出。 因为很久粒米不进，像水蒸气一样蒸发掉的体重用手一抱很容易便掂量得出来。 贪吃了黑樱桃或桑葚般发青的嘴唇微微颤抖着。 从嘴唇开始的痉挛很快扩展到全身，他的手脚不停地发抖。 我也和母亲一样束手无策。 整整背了允锋一天，他醒来吵闹时忙着轻拍着哄他；等他睡着四周寂静时，便忙着整理纷乱的思绪。 我一直衡量两种情况的可能性。 一是我们家的不幸持续不断并更加扩大。 一是回到战争前的幸福时光。 占优势的总是不幸的那一面。 在这没有任何对策，眼前一片黑暗的时候，只能胡思乱想些万一的情况而战栗不安。万一父亲真的就那么被拉走；万一父亲死在战场；万一母亲真的丢下我们；万一我们，万一，万一，万一……如果承赞的话可信，民工不一定是危险的。 他们只要在后面搬运弹药，战事结束后整理伤兵和尸体。 所以民工不一定都会死。 时运好的话，还会像苏联军人一样从肩头到手腕当啷当啷戴满手表衣锦还乡。 这是唯独承赞一人坚持到底的主张。 孩子们不仅不信，反而总骂他那是惹人耻笑的虚张声势。 可是恐怕不出两天，这个村子里就会再出现一个跟他有共同主张的孩子。 谁能料到父亲会被抓去当民工！早知如此，绝不会那么随便对待承赞的。

天色渐暗时，允锋的情况更加恶化。 本来偶尔且短暂的昏睡，频度渐增，时间也渐长。 陷入昏睡中却不断发出微弱的声音，嘟囔着几乎听不懂的胡话。 但侧耳倾听，其中隐约有奇怪的韵律和一定的强弱节拍。 对了！我很容易就猜到了那是什么。 是军歌。 对！那是呼唤血灾的歌曲。 让他这小子风光一时，塑造荣耀的军歌，人民军军歌。 那是呼唤血灾的歌声，将自豪和光彩从他这小子身上彻底地收回；极其迅速地退回原来天生的傻子、碰不得的死顽固的状态；牵着他的鼻子使他再度陷入极端的不幸，直到现在灭顶前夕。 能让他在筋疲力尽之下，还出乎本能地期待再像从前一样引起谁的注目而哼唱的，或者神志不清地胡言乱语的，一定是那军歌。 我不忍把已成这副模样的允锋放下，便一直背在背上。 踱步时，他本来还温顺地趴在背上。 如果露出了一点儿迹象要把他放下来，他不知怎的就能察觉，扭动着身体，缠人的身手依然相当有能耐。 其他弟弟妹妹们一吃完饭便都倒下沉沉睡去。 唯一能将我从重重挤压在我身上的困倦和痛苦中解救出来的人是杳无音信的母亲。 我把手搓得沙沙作响，祈求母亲快快回家，可是母亲又迟迟不归。 夜车的汽笛拉得长长的，穿过南岩村脚的铁道。 猛然在脑海里闪过父亲或许就坐在里面的想法，好不容易将消失的汽笛声倏地又被勾回了耳边回旋不去。 夜越深，我被躲在炕道里的野鬼拉扯的双腿渐渐僵硬得像块木柴不听使唤。允锋不断蠕动身体，从背上传来的重量渐渐起了变化。全身肿胀的允锋突然肿得像一袋米，然后像堆粪肥，一转眼成了一堆露天堆放的谷子，最后肿成一幢房子，以无比的气势挤压我的背。 我一边把允锋惹人厌烦的贴在我背上又直往下滑的身子重新背好一边计算次数。 估计着母亲该回家的时间加上重新整理允锋襁褓的次数，慢慢地数着。 我心里盘算着，就让一步，再多反复几次同样的动作多数几次吧，可仍不见母亲将回来的任何迹象。 一转眼宵禁的时间已近，我忽然想起一个故事。 主角是一个和我处境相似的少年。 我醒悟到他用的方法比我明智得多。 故事中的少年和我一样哄着总是好哭缠人的妹妹，心焦如焚地等待母亲。 他的母亲到对面村子办喜事的人家帮忙，深夜还没有回来。 少年告诉妹妹，母亲现在已经出了那人家的大门，扛着一大盆做完事得到的喜糕和水果就要回家。 是了，我们母亲现在大约也离开了市郊，一阵风似的在乡间小路上奔跑。 这么一来，我也燃起了一线希望。 过了好一会儿，少年又轻轻拍着妹妹叽咕道，母亲现在正要爬过山坡。 母亲经过受到"解放台风"①的吹袭而从中截断的大松树底下，马上就要拐进丁家的祖坟边界。 又过了好一会儿，少年说母亲过了村头的公用井水边；母亲就在村子前面的小溪，一口气跳过溪中的蹬脚石；再过一会儿就该大声敲门了。 可是母亲仍然没有出现。 少年继续哄着哭闹的妹妹，又从办喜事的人家大门前重新出发。 我也从市中心某幢房子的屋檐下重新开始。 每次反复到溪边的蹬脚石附近都很顺利，以

———————

① 1945年韩国脱离日本帝制，称为"解放"。当年曾有强烈台风来袭，一部分地区称之为"解放台风"。

后总是杳无音信。 几次以后，少年的家终于响起了叩门声。 可是少年一开门冲进屋里的是在山顶上吃了母亲，穿了母亲的衣服伪装的老虎。 我一时陷入了疑心的泥沼中无法自拔。 到现在还不回来的话，看来必是丢下我们逃得远远的了。 以前承赞的妈妈也是这样。 我不想哭，但心中累积的委屈爆发为哭声，眼泪忍不住掉了下来。大哭一阵，直哭到筋疲力尽，心里总算稍微平静了下来。接着瞌睡涌了上来。 全身乏力似真似梦，间歇听到什么东西"砰！砰！"敲着墙壁的声音。 还听到"哼！哼！"的呻吟。 猛地吓了一跳打起精神，发现自己一侧肩膀撑在墙上站着，允锋固定不了的脑袋垂在襁褓外摇来摇去。好不容易把他抬高背好，疲倦无力像团棉花的我就被强烈的瞌睡征服了。 以那样别别扭扭的姿势不知睡了多久，敲着门大声呼喊的声音让我精神一振。

"那个冤家还没死啊？"

显得对一切都不耐烦的消沉的声音。 我的直觉告诉我事情不妙。 母亲瘫坐在地板上，叹了一口气，几乎连窗纸都抖动了起来。

"坐夜车走了。"脱下上衣一丢，母亲喃喃自语道，"那个不知道是你老子还是什么东西的坐夜车走掉了。"母亲连裙子也脱下"呼"地丢开，继续嘀咕着，"眼睁睁看着他搭上夜车走了才回来的。"

母亲一阵一阵地提高嗓音，诅咒宪兵，破口大骂宪兵收了一大笔钱答应睁只眼闭只眼让父亲趁警卫松弛的时候溜出来，却不守信用；诅咒父亲所有的朋友对搭救朋友的事吝于出力；对父亲也发出可怕的诅咒；诅咒没钱又没靠山在战争时期被拉走的没出息的男人；诅咒世界上所有携家带眷的愚蠢丈夫；最后是诅咒无情的上帝。 说着说着慌慌张张地找水喝。 喝干一大杯冷水似乎勉强冷静下来，好像这才想到了允锋，望向我背后的视线，失去了诅咒别人的精神，回到刚进门时的消沉颓丧。

"唉，把那家伙给我。"

虽然母亲回来了，允锋却一直动也不动，我以为是睡得太沉。 可母亲接过允锋的手突然停了下来。

"哎哟！这是遭了什么灾呀！"

母亲一把拉过褓褓中的允锋盯了好久。 我也吓呆了。 他紧闭着双眼，嘴无力地张着，全身发黑。 那样的脸孔我看过好几次。 那是无数被竹矛刺穿横陈田埂的脸孔；是四肢被捆绑半埋在坑里的脸孔。 母亲慢慢地向我转过头来，像要把我吞吃掉的脸皱成一团显得更加凶恶。 母亲出人意料的反应让我恐慌极了。 倒不曾期待得到称赞，像夜里的小偷一样神不知鬼不觉找上门来的死神虽然令人吃惊，但从母亲一直挂在嘴边的口头禅来看，死亡只不过是当然的程序。原以为母亲会将它视为好不容易实现的愿望而默认。其实不然。母亲紧抓我的后颈猛然一甩，我四脚朝天滚到房间一角。母亲则一口气喘不过来：

"冤家，你这个冤家！"母亲又掐又抓，"怎么弟弟死了都不知道只晓得背着！"男人般的拳头使劲捶在我的身上。"杀了你弟弟谁高兴呀？你这个冤家！"母亲终于号啕大哭起来。

弟弟妹妹们从梦中惊醒，还摸不清发生了什么事就一齐放声大哭。不一会儿，邻居大娘听到哭声穿着内裙就跑了来。住在附近的女人们三三两两聚集在我家院子。每来一个人，母亲就指着我哭。

"那个冤家把允锋害死了。老天爷，这怎么能呢？他害死我们允锋了。"

"我没有！"再也忍不住冤屈。我什么也没做，却被扣上杀人的帽子。我再次抗议："不是我杀的！"

"你这个浑蛋不是你是谁？谁会杀了允锋？你这个浑蛋！"

我每抗议一次，母亲就追过来给我一顿好打。我绝没有杀允锋。可是要问谁杀了允锋却无话可答。我只好闭上嘴。 村人们瞪着我，"啧！啧！"地咂舌。

"万一以后我家那口子活着回来了，我怎么说？ 我能瞎编个什么理由呀？"

母亲拍着地板非常委屈地大哭。 半哭半唠叨，整整耗了一夜。

快淹死的人连一根稻草也会抓着不放，那便是当时的心情。 母亲将一线希望寄托在宪兵离开前说的最后一句话。 快到大田之前的一个山坡，车速放慢的时候，父亲求个情让他去小解，宪兵装作拗不过的样子将门稍微打开，父亲可以火速从飞驰的火车上跳下来，宪兵则在后头放几个空炮。 大概和宪兵约好了这打斗电影似的场景。

为预备父亲回来，母亲将允锋在家又放了一天。 但等得再久父亲也不会回来了。 完全死心后，母亲在村里找到两个专办丧事的人，又拼命阻挡我不让我跟在盖着草席用背架抬走的允锋后头。 这是清爽的秋风轻抚双颊的夜晚。 拐过我家墙角，后山便近在咫尺。 松林在黑暗中依稀可见，每年三伏天人们在林里把狗肉吊起来用火熏烤。 我远远望着那儿燃起的熊熊大火。 在往上直冲的火光上，我们允锋成了灰，成了一缕轻烟，成了一股恶臭在空中飘飘扬扬。 允锋在火中献出他的身体，用他曾拥有的痴傻和固执填满后山和田野，那还不够，还要布满整个天空。 而大火猛地扑向允锋，贪婪地将他的手和脚，头颅和身体，荒诞地看待世界的双眼，摹唱军歌的不善言辞的嘴吞噬得一干二净。 看着看着，我觉得胃里一股恶心直往上涌，不知不觉眼泪扑簌簌地掉了下来。 把手指伸到喉里让吃下的东西全部吐出，我终于放声哭了起来。背上害死弟弟的黑锅令我愤怒而委屈，看着火花完全消失再度被黑暗笼罩的后山，我扯开嗓子号啕痛哭。

严　冬

　　快下班的时候，朴工作的出版社来了一通电话，是在杂志社上班的金。　他每次夫妻吵架总对老婆说"连个双眼皮也没有，得意什么？"把老婆治得服服帖帖，并以此在朋友中出名。

　　"没什么，好久没见了……而且有点急事儿想促膝长谈一番。"

　　金的声音像坟墓上刮起的冬风一般阴冷，使得所谓的"促膝长谈"听来话中有话。　金所谓的促膝长谈不知道是谁从什么时候开始使用的代词，是指朋友们在喝酒的时候亲密地闲聊。

　　"好呀！当然好！"

喝点儿酒，而且是在这么冷的天气，三四杯烧酒下肚，带着满足愉快的心情回家也不是件坏事。

"好是好……"

可是，朴很快地拒绝了嗓子里那刺得人发麻的、迫切的诱惑。

"如果不是什么急事，我已经决心暂时不参加你们促膝什么的了。"

"怎么，患了什么寻'花'问'柳'的病喝不得酒呀？"

"没那回事，总之……"

低头厚着脸皮看着办公桌对面会计小姐脸上无数的雀斑，朴在话尾含糊不清没有说完。她不是双眼皮。每当有打给编辑部职员的电话，因为懒得从总经理室走到编辑室，她连屁股也不抬，摆一下头，捏着交通高峰时刻的公共汽车女车长般的嗓子大喊一声："某某先生，接电话。"所以编辑们为了接电话而经过总经理办公室总是非常尴尬。

"那也不是的话，没有不参加的理由嘛！"

金一点儿也不急，仍用阴森森的声音纠缠不休。

"反正就是这样了，你知道我已经下决心了就行。"

"挺可悲的嘛！下这样的漫天大雪也没有一点儿感怀，一晃眼我们都成了破铜烂铁喽！"

啊！朴在心中感叹。 这位老兄现在谈的是雪。 而且不仅是雪，他说的是"漫天大雪"。 朴这才转过头望向窗外。 钻进视野的是无数的雀斑。 真的在下雪。 还不是普通的雪，外边下的是一朵朵硕大蓬松的漫天大雪。朴心中又慨叹了一次：这怎么可能！

早上上班时还天清气朗。 吃午饭时出去了一会儿，就冬天来说太阳还算暖呼呼的。 可是午后，如文字所描写，"拼老命"忙着校正误字落字时，像商场在夜里悄悄抬升日用品的价格那样，雪神不知鬼不觉地下起来了。其实也该是下大雪的时候了，都十二月二十二了呢。 离圣诞节不过三天。

"对不起喽，我实在没法参加。"

看了雪，畅饮一杯的念头更加迫切。 但天气越是如此，早点儿回家的理由就越是明确。 这或许有力地证明了金的话：才过三十，就已经成了破铜烂铁了。 净谈些无意义的事，平白拉长了通话时间。 抬头往这边张望的雀斑小姐密斯崔，眼神比刚才更加不善。 即使没有她的监视，也想赶紧挂断电话。

"今天就算了。 元旦休假的时候我跟大伙联系，好了，你们好好聚吧。"

"你没忘了除了死，是不能从我们组织退出的吧？ 叛徒……"

抓紧电线的尾端，声音顺着长长的电线传到这头，这么短暂的工夫，没有起伏高低，阴森的嘟嘟囔囔变得加倍阴森，令听话的人突然产生一种荒凉之感，更使得那阴郁的玩笑让人错觉不是单纯的玩笑，而像某个黑社会老大丢过来的报仇宣言。 但那突兀的感受也仅止于此。 朴放下听筒之前，已先听到那端"咔嚓"挂断的声音。

最近朴对朋友聚会觉得相当有负担。 坐在经常光顾的酒店某角落的隔间，顶多喝几杯烧酒，能花多少钱？问题是在喝得大醉以后。 深夜，促膝饮酒散后，搭上往城南的末班车，一身疲乏几乎让他半躺在车中。 经常搭末班车的人之中，酒鬼特别多。 为了车费，和跟自己女儿年纪相仿的车长恶言相向，惹是生非的人很多。 从车子出发前到抵达目的地，大大小小的骚乱持续不断。 连自己的四肢也控制不了，踩来踩去，互相推挤，大声吼叫。 "车里那么挤，推推搡搡不是当然的吗？" "是车推人，哪里是人推人？"有人顶一句："不高兴的话去打的得了。"有人则劝道："大家都困难，该互相理解嘛！这样怎么行呢？"又有人大声怒吼："敢向谁发酒性儿呀？" "喝酒用嘴皮子喝，谁用屁眼子喝呀？"另一头就一边打着酒嗝儿一边回嘴："用屁喝也是花老子的钱，干你啥事儿？""什么时候开始在打领带的家伙面前连喝了酒都不敢显样儿了？""跟喝了酒的狗有什么可计较的？"有人把他们拉开劝道："一会儿就到了，安安静静忍耐着吧。"有的人这样吵嚷，另一边却有一群人静悄悄地睡得像死人一样。是疲倦已极深陷梦里的工人。混在他们不分彼此充满末班车特有的汗味中超过一个小时，朴无法形容得极度焦躁起来。"应该早早脱离该死的城南市搬到首尔才是。"想着想着陷入了焦虑。很讨厌自己这一点。急迫荒谬的、不切实际的愿望——他最讨厌的就是这一点。

街道上覆盖了一掌厚的积雪，像吸水的棉花一样吸收了商店倾洒的灯光。商店橱窗里展示的圣诞树和圣诞卡，与周围的雪景适当地搭配，使圣诞节的气氛提早了三天降临。可是小区里的调皮鬼们在马路中间造了滑冰道，大雪继续堆积，使道路成了伪装完美的陷阱，危险极了。朴从钟路开始走，小心翼翼地横穿过清溪川人行道，在傍晚拥挤的人潮缝隙中又推又挤，走向首尔到城南的公共汽车起点乙支路五街站。还未经都市计划整理的一段残壁，好像一颗硕大的瘤，有意贬低大道规划严整、四通八达的品位，使芳山市场对面的人行道总像个拉满的弓弦，弯曲不直。那地方之黑暗不洁、恶臭扑鼻，使原来好端端走着的行人一看到那堵墙就会产生排泄的冲动。从水泥墙上流下的尿水融化了道路上的积雪，横流开来又冻结成冰。结了冰的尿痕又被新雪覆盖。可总算隐隐约约掩盖的地方，又有人站在那儿解开了裤裆扣子。往城南的公交车站和空调大巴车站就在那中间。

等车的人似乎比往常任何时候都多。不论公交车或空调大巴，每个车站都大排长龙。朴习惯性地选择了空调大巴车站，站在黑压压的一长排队伍的最后。他站了半天，脚冻得活像两根木头，耳朵和鼻尖成了别人的似的没有一点儿感觉。一转眼，外套和头发上都积满了雪，长龙却一点儿也不见缩短。

又过了很久，班车显然比往常少得多。路上驶过的各种车辆虽然车轮上了铰链也爬行般慢腾腾地拉长了车阵。可想而知是因为突如其来的大雪让车在途中四五个比较危险的坡路更加吃力而减缓了车行速度。正是下班高峰时间，才一眨眼，朴后面的队伍又加长了尾巴。

为了储备体力，朴到车站旁的烤海鳗店连灌了三杯烧酒。酒力在全身散开，虽然他觉得热乎乎的，但心情仍然很乱。如果是别的好事还行，比如为了看一场好看的舞台剧、旅行，或中了彩券领赏金而等待。但都不是，仅仅是为了等候回家的公交车。换句话说，在外奔波挣钱的一家之主为了回到妻子儿女等待的窝，这么理所当然的事，却必须长时间站在大雪纷飞的冬日的街头冻得僵硬，实在非人所愿。

一转眼八点了。 打着哆嗦足足站了一个半小时。 早知如此，还不如参加朋友们促膝把盏的酒座，痛快地谈天说地，半夜再出来等车。 到现在为止，从城南到首尔，又从首尔到城南，不断地重复这钟摆似的运动，但像今天这么狼狈倒是头一遭。 首尔市内其他路线的公共汽车虽然缓如牛步，总算不时有车子来来往往，唯独往城南的车连个影儿也不见。 朴一时气得再次下定决心——要尽快从那他妈的城南搬走。

朴在城南占有一席之地，是从地名还叫"广州小区"或"广州区"时开始。 后来那地方改为"城南小区"或"城南区"。 升格为今日的"城南市"还是不久前的事。通过在老家的恩师介绍，好不容易找了门路得到城南新设学校语文教师的职位。 可那么辛苦得到的工作却因一个愚蠢的理由——任何人都会觉得那是自己送上脸挨打——干不了多久就丢了。 总之，当老师的那段时间每天步行上下班，从来没有体会到首尔的交通是那么复杂。 而且这是搬到城南以后第一次在他乡过的冬天，如果再勉强附会些因缘关系的话，这是来城南后头一回遇上的暴雪，否则也可以预先准备好一些对应之策。 如果能预先了解突然的大雪对要长途跋涉的许多人——至少是住在城南而没有车的人——是多么的无情，那么就能采取一些防御措施了——即使只是心理上的。

"到现在只前进了这么一些吗？"

一位面生的小姐悄悄来到身边，态度非常自然地说。朴做梦也没想到会有小姐向他搭讪，一时理解不了她的话。 可是那位小姐分明看着自己露出微笑。 没有双眼皮的小姐。

"是啊，一直停在这里。"朴糊里糊涂答了一句。

"真糟糕，迟也得迟得有道理，这么等两个小时……"她一边说一边又很自然地挤到朴和他前面一人的中间，"怎么能安心来首尔上班呢。"

朴这才看清了小姐的居心。 显然是想插队而假装和自己同行。 那近乎无耻的勇气与其说讨厌，倒不如说是机灵识时务。

因为车总不来，从清溪川和乙支路的中点开始到乙支路尽头，没完没了地大排长龙事实上根本没有意义。 但不知道以后会怎么发展，朴托刚才插队的小姐帮他保留住位子，然后像酒精中毒的老酒鬼一样又晃进了海鳗鱼酒店。 酒客比第一次去的时候增加了许多，找不到位子可坐。 朴就站着连酒菜也不吃，喝干了三杯烧酒。 本来酒量就不好，只是从经验上知道要在寒冷的地方长久支持下去的话，没有比喝寡酒效果更好的了。 酒一下肚，脑子就立刻昏昏沉沉的，恐怕是空腹喝得太猛了。

从海鳗鱼酒店走回等车处，发现往乙支路尽头延伸的队伍缩短了许多，委托小姐保留的位子也往前移动了一大段。 但是脱离队伍焦躁地徘徊的人在车站附近形成黑压压的一片。 原来那条长龙之所以缩短，只是因为有人脱离了队伍。

队伍最前面有一个穿着破旧夹克的中年男子在口沫横飞地大声向众人说明什么。 人群听了他的说明，开始了小小的骚动。 骚动渐渐往后扩散，很快便传到他们站的地方。

"那个人在嚷嚷什么？"小姐转过头来问。

"这个嘛……还不清楚。 不过肯定不是好消息。 等着听听他怎么说。"

男子越走越近，声音也清楚多了。

"对不起，各位旅客，非常抱歉。 刚才公司来了消息……"

穿夹克的男子猛打了一阵子喷嚏，等呼吸平稳后又用公式化的语气喊：

"各位也知道因为大雪路况不太好，再也没法按时出车。请各位不要干等我们公司的车，尽量找其他方法回家。"

男子从旁边走了过去，同样的话大概重复了几百次。

"惠顾我们公司汽车的乘客，抱歉，非常抱歉……"

男子的背影顺着长龙远去，朴周遭的人也开始骚动起来。站在他后面留长发的青年嘀咕道：

"垄断的路线叫人找其他方法！这是搞什么？叫我们乾坤大挪移吗？浑蛋！"

"要联系也早联系嘛，把人冻成了鱼干，现在叫我们怎么回家？"

后边远处也同样喧哗。恨不得咬人一口似的尖锐的质问在前边也听得一清二楚。每有人逼问一句，那男子转着老旧的唱盘般的嗓音便又响起，将冬夜的寒气空茫茫地搅动起来。

"……非常抱歉，非常非常抱歉……因为路况不好……用各种方法……非常抱歉……抱歉……"

"他妈的，抱歉就算啦！"

"现在怎么办？"小姐用充满恐惧的声音焦急地说，"车子真的停开的话，我们怎么办？"

为了让自己安心，也安抚一下小姐，所以朴瞎说些空话叫她别担心："这么多人难道会在首尔市中心集体冻死？汽车公司一定会有对策的。"他正经八百地向小姐保证。可嘴里这么说，心里却一点儿也不相信自己的话，尽自往供出租车停车载客的地方伸长了脖子瞧。根本影儿都没有。那头正混乱得不可收拾。只要出现一辆出租车，管它秩序什么的都丢到一旁，那些壮丁像一群虫子蜂拥而上，使出蛮牛般的力气你推我挤。像自己这样弱不禁风的人，恐怕还没靠近车子就已经被挤成了鱿鱼干。本来就对靠蛮劲儿克服困难的事一点自信也没有的人，不得不早早放弃侥幸求得一个搭乘席位的念头。"管它呢！"天塌下来有个子高的人顶着，朴把一切交给了流逝中的时间。

过十点了。远远不知哪家唱片行将广播开得很大声，透过扩音器随风传来"爱的钟声"和女广播员的轻言细语，亲切地提醒最容易让青少年染上恶习的深夜街头之危害，劝他们及早归家。这几个小时里不是完全没有车，在几乎忘了等车这回事儿的时候，偶尔会来个一两趟车搞得人心惶惶。像寻人开心，又像不小心出了纰漏，突然在结冰的路面上慢慢爬来一辆路线号码很眼熟的公共汽车，几百个人形成的浪潮便一忽儿涌上前，霎时骚动混乱就达到了极点。到处有争吵和拳头来往，踩着摔倒的人挤上车，或从车窗爬进去，闹个人仰马翻。 老老实实排队的人则破口大骂，团起雪球往公共汽车边的人潮胡丢乱砸。 虽然间或看见附近派出所派来的警察，但最多不过三四人，实在无法应付那数以千计激愤的人潮。 结果聊表心意偶尔出现的一两趟车也干脆停了。 那些成人们像孩子的恶作剧一样不合时宜的雪中大战也自然地不了了之。

朴又请小姐照看自己的位子，进了附近的茶馆暖一暖身子再出来。 小姐也委托了朴，暂时离开了一会儿又两颊潮红回到自己的位子。 想必是再也忍不下去去了一趟厕所。 精力旺盛的年轻人听从了汽车公司职员的忠告寻找各种方法回家，几个人一组引吭高歌，像要参军的男子汉似的离开了车站。 他们打算搭其他公共汽车越过蚕室大桥到马粥路，从那儿开始步行，宵禁之前可以走到城南。 但不知是因为觉得必须在及踝的积雪中走两个多小时太可怕，还是觉得放弃可能有人伸出援手的希望还太早，绝大多数的人不见有离开原地的意思，而且对年轻人鲁莽的血气之勇带着忧心的神色目送他们离去。 没有任何蛛丝马迹可以确实保障谁能提供交通工具把人送到家，为分辨先后顺序而排的队现在事实上已是无用之物。 可是还有少数人死心眼地相信倘若援兵一到自己仍有优先权，在彷徨不知所从的群众边缘始终不渝地坚守着秩序。朴也是其中之一。因为哆嗦着站了太久，下巴和肩胛骨酸疼无比。努力控制也控制不了上下牙"嗰！嗰！"碰撞出凄切的曲调。裹在外套里的身子像茧里的蚕蛹一样缩成一团。不知什么时候雪花停止了，北风把面粉般细细的干雪卷在空中，像失常的刺猬集体狂奔，削过裸露的皮肤。喝酒的时候觉得有点儿过量，但那点酒力在酷寒之下也失去了作用，只在眼角和舌尖稍稍逗留便消失殆尽。忽然想起昨晚安闲自在而又荒唐的梦境，似是为今日的窘迫作预备，朴无可奈何地笑了。

"没有旅馆钱的小姐跟我来呗！"

夜渐深，穿牛仔裤留长发的年轻小子在小姐们面前歪歪扭扭地走来走去，嘴里一边说着狎弄的玩笑。正如那些小子所提醒的，现在是每个人都该想一想对策的紧急时刻了——万一真的不能回家的话。看情况靠公共汽车恐怕已绝不可能。

"长得像南瓜①也没关系，只要穿裙子就一切 OK。小姐，看来没有住旅馆的钱，还管什么面子呀？姐姐喜欢，姐夫喜欢，大家都喜欢的不就是好事儿吗……"

———————————————

① 译者注：长得丑陋。

马路拐角僻静的地方，四五个一脸孩子气的小姐聚在一起一边顿脚一边擦眼泪。 看来是在首尔没有可以借住一宿的亲友，手中又没有宽裕的钱可以投宿旅馆，喝醉的年轻人簇拥在她们旁边打转儿，明目张胆地挑逗。

　　"先生，请看着我一下。"

　　一直站在旁边的小姐用清脆如叩门的声音，口齿非常清晰地调回了朴的视线。

　　"我是说万一，万一今天晚上您回不了家，先生您打算怎么办？"

　　"这个嘛，现在的情况，要说什么……"

　　在朴踌躇的当儿，小姐像在跳板上准备跳水的选手紧张地深深吸了一口气，下一个动作不是跳入水中，而是再次问道：

　　"是不是打算去旅馆住一夜？ 对吧？ 是不是？"

　　"说不定得去。"

　　潜了一阵子水后探出头来，调匀了呼吸，小姐端正姿势道：

　　"那么实在万幸，拜托您带我一起去。"

　　朴并没有确定的回答，但小姐随便解释他的计划，然后以震耳欲聋的嗓音提出请求。 她拜托的内容和声音之大荒谬地无法协调。 和在周围充满好奇心的人面前发送广告的效果是一样的。 换了其他地方不同气氛的话，对于已知男女之事的成熟男人而言，这个提议会让人暗喜"走了什么桃花运呀！"偷偷幻想一个粉红色夜晚。 但觉得不好意思的反倒是被要求的一方。 朴不知该把视线往哪儿放，感到难堪不已。

"我绝不会给您添麻烦的，让我缩在角落里睡一晚就行。 以后一定报答您。 绝不忘了您的大恩大德。 拜托了，先生。"

一副"既已如此"的意思，小姐紧缠着不放。 朴连担心怎么回家的事都忘了，好像这才发现了这位大胆刚强的小姐的存在，开始重新深入地观察起来。 她身材娇小，即使对女孩子而言也离标准甚远，和二十岁左右花朵般的年龄比起来太显单薄，身上随便裹着一件像是借来的宽松外套，让人猛然想起"小鸡穿蓑衣"的俗语。 没有任何特征，也没有化妆的脸还算是漂亮，可是像高耸的旗帜一样突兀明显的穷酸气掩盖了她原有的美，在那花样年华的脸庞上布下了深沉的阴影。 就像被稻螟蛉虫害阻碍生长而夭折的鲜花。 朴的心情像在以图解的方式拼凑阅读一个女人被持续的穷困一点一点蚕食了美，急速变成阴险老妇的过程。 他甚至觉得毛骨悚然——那岂不就是从别人脸上见到的自画像吗？ 如果自己曾有嫖妓的念头，现在也许正在深深的悔恨和罪恶感中挣扎。

"可是，怎么会向我这样的人提出那种要求……"

当然，这不是拒绝的意思。他的皮夹里经常备有住一夜旅馆的应急款项，自己的费用再加上一点儿就够两人住了。因眼前情况不同也有订两间房的打算。朴只是疑惑在那么多人之中为什么偏偏选上了自己，提出那样的请托，而且还是个小姐，怎么能那么大胆直言？换句话说，朴是表示一种赞叹之意。

"一直瞧着别人的眼色活到现在，所以比起实际年龄，看人的方法可高明了。第一眼我就确定像先生这样的人是绝对不会拒绝的。"

嗬，这女孩……

朴的嘴角不自觉地露出了微笑。世上有几个男人会在妙龄女子要求自己带她去旅馆时还装作没听到呢？恐怕一个也没有！如果不是为了自夸，小姐的意思是说她运气好选对了人，在危机重重的冒险中暂且可以放心。那么，自己既不是废物也不是君子，小姐却第一眼就看出自己并非危险人物，那句话究竟是称赞还是轻蔑？

小姐像刚才一样随自己的意将朴的话解释为答应的意思，像是了了一桩心事，孩子般高兴得跳了起来。朴用新奇的眼光瞧着这位不顾周遭人群的视线，很大方地喋喋不休的小姐。 能够证明她的年轻的只有她的嗓音。 纤细却又深邃，余韵澄净的音色甚是好听。 猛一想，她之所以给人精明滑头又很识时务的印象，其实完全是因为那和外表相距甚远、生机盎然的声音。 她不停地笑，不停地絮絮叨叨。 特具的固执和韧劲让她强迫自己用欢笑来掩饰她簌簌抖个不停的瘦弱身子。 她应该也没吃晚饭。 被困在车站的脚步不见有消解的迹象。 他不管周遭的人是不是把他当作老练的寻芳客，带着小姐一起向茶馆走去。

"哼！他妈的这世界变得可稀奇了，大姑娘家自己贴上男人要求一起睡觉！唉！"

可不是吗？ 如他所担心的，后面的啧啧咂舌和窃窃私语声像尖尖的石头一样绊着他的脚跟。

"那个家伙运气这么好，今晚可大丰收喽！"

朴诚恳地祈祷那些话在到达小姐的耳朵前千万被冷冽的空气冻结停驻在空中。 可是两只耳朵分明挂在脸颊旁，小姐东小姐西的，不可能听不到。

"要吃点儿什么吗？"

小姐犹豫了一会儿，先点了东西。 是咖啡。 朴点了红茶加上满满的葡萄酒。 又叫了两个煮嫩蛋。

"请出去，出去！"

茶馆里像湖南线的夜间慢车一样爆满。

"你们以为茶馆是候车室呀？ 我说快出去。"

在迷迷蒙蒙布满天花板又渐渐往下游移的香烟烟雾和嘈杂的人声，以及电唱机临驾于人声之上流泻出来的音乐漩涡中，别说坐的位子，就是立足之地也难找。 在通道上来来往往的人们使茶馆异常喧闹忙乱。 虽然可以共用一张桌子，但可以在紧接着刚站起来的人后立刻夺得一席的话，运气算是非常好的。 因为石油荒，茶馆的营业时间缩短了很多，但为了不能回家的城南市居民，深夜还开着门。

"喝杯茶不就行了，茶！这钱我还付得起。"

一对老迈的男女和服务员你一言我一语吵个不休。从举止态度猜得出来他们几乎没进出过茶馆。 可想而知他们与其说是喝茶，其实是为了避寒，像被驱赶的鸟群，盲目地冲进了茶馆。 他们用稍带惧色的眼神小心察看服务小姐和周遭客人的脸色，悄悄朝暖炉旁的位子移动。在那乱哄哄的屋子里，服务员还能机灵地分辨客人是不是来喝茶，到处用力推着把不喝茶的人赶出去。

"别光嘴上说，快点吧，喝什么？"

"嘀嘀，叫我站在水泥地板上喝茶？ 等有了位子坐下歇一会儿再说。"

"你们打什么主意谁不知道？ 好，就是不喝茶也行，请都出去!"

"我们是要饭的? 还是癫子病人? 怎么这么瞧不起人!"

"这样挡在通道上光烤火，我们靠什么做买卖呀! 别啰唆，请你走就走!"

"哎哎哎，你这小姐又推又拉忙什么呀，难道你没有像我们这样的老爹老娘吗?"

老人气势汹汹地呵斥服务员，很不识相地抬起杠来。服务员没有双眼皮，那股彪悍劲儿简直就像条黄鳝鱼。看着服务员满脸通红，冷淡无情地对待老人，朴偷偷地笑了。 坐在一旁低头不语等着咖啡的小姐表情突然奇怪地扭曲起来。

"这个人情我一定还。"小姐斩钉截铁地说，"刚才已经说了我一定还。 我不是那样的人。 如果把我看成在社会上打滚乱搞的女人，那真的很遗憾。"

"啊，不，不是的⋯⋯"

"坦白说，刚才我真的吓坏了。 看起来像对这种事非常熟练的女人一样顺口就提出那么不知羞耻的请求，其实我真的是使了吃奶的力气好不容易才挤出那句话的。"

"恐怕你对我的笑有很大的误会⋯⋯是这样的，我有个姓金的朋友⋯⋯"

朴说明了他的朋友夫妻吵架时关于双眼皮的故事。因为服务员也没有双眼皮。

"您也结婚了吗？"

朴回答有老婆和一个刚过周岁的儿子。老婆也没有双眼皮，可是夫妻吵架时可不像朋友那样。小姐这才高兴地咯咯笑起来，将视线投向刚争吵完走向柜台的服务员。大概是放弃了赶人出门的工作。争吵的结果是老人胜利了。

"再怎么说，天冷的时候来杯热茶是最高的享受。就算听女儿一样的姑娘说些不入耳的话，嫌我们老家伙穷酸，也总比冻死好得多。"

"是啊，老头子。"

一直不说话的老大娘立刻附和老人，一脸的害羞，与年龄极不搭调。老人的脸上绽放着击退强悍的敌人时胜利和骄傲的光彩。在一旁守着的大娘眼里流露出对老头子完全的信赖。

同一个包厢坐在对面的一对年轻男女，从刚才起就以充满戒备的眼神观看新客人的动静。他们的脸上写满了隐私被妨害的不满，把声音压得非常低。决意用身体来对抗的坐姿，仿佛担心还会被剥夺掉更多已被剥夺的幸福时光。点的饮料送来了。服务员在茶桌上摆设复杂的杯具时，小姐拿起皮包放在自己的膝盖上。那是绝不能只视为装饰品还兼做书包的硕大提包。

"你是学生吗？"朴问。

问完他才觉得自己的声音是不是听来像希望她千万别是学生的口气，而担心地看着小姐的表情。可小姐的回答中一点儿阴影也没有。

"学生？是啊，一天中就两次是学生身份。往来的交通费可以各省二十韩元呢。"

小姐以"那算什么大缺点吗"的口气笑嘻嘻地说。膝上放着的皮包上有一本书，书上又放了一双米黄色毛线连指手套——短短的头发，近乎褴褛的朴素打扮，为了不让人看见任何低人一等之处而经过装饰的言谈态度——隐隐看得出胸前没有学生徽章也努力让自己看起来像学生的痕迹。她呼噜呼噜喝着滚烫的咖啡，很平静地揭开了自己的真面目。朴从来没见过把一杯咖啡当作世间美味的人。在一旁观察她两手紧紧捧着咖啡杯，一口一口珍宝般品味着，脸上流露出好似感谢天下所有人的表情，真是有趣极了。朴不失年长者的态度，始终以微笑和温和的口气对待她。换句话说，那是一种优越感的表现。类似坐在空调大巴里的人看待站在公交车里的人的那种优越感。不是因为立刻可以给地位低下的人某些虽小而具体的帮助，而是他惯常对大部分城南市民所感受到的精神上高人一等的再确认罢了。 小姐问了个问题：

"您在首尔上班吧？"

"是啊，一个小小的出版社。"

他根本不提以前在城南当老师的事。 万一小姐跟其他城南市民一样认为老师是个多了不起的职业，那么就不得不一一说明辞职的理由。 可是那理由恐怕对小姐来说是完全不可思议的。 实际上也是，对那些极度憧憬白领生活的人说因为私立学校经营者的蛮横伤了自尊心所以辞职不干，他们一定以为那是吃饱了撑着的人说的梦话。

"在城南住多久了？"

"还不到一年。 上回出事的时候看了报才知道那是什么样的地方。 可是我会和那种地方结上缘真是做梦也想不到。 不过人生中所谓偶然……"

"您真坏！"

"啊？"

"刚才您说话的口气听起来好像觉得住在城南非常丢脸的样子。"

不该说的话又添油加醋一番，结果让小姐一语击中了要害。 朴在小小年纪的小姐面前觉得非常羞愧，嘻嘻一笑打发过去。

"听你的口气好像对住在城南非常自豪。"

"是啊，我觉得自豪。 不管对谁我都得意地说我是城南人。 我们家有很长时间到处搬家，连个老家也没有。 可是现在我也有老家了。 这老家怎么来的，谁给的都没关系，只是愿意相信流行歌曲的歌词说的：'不论什么地方，只要有了感情就是老家'。 所以大概比别人更知道城南市的珍贵。"

"……"

"啊，差点儿忘了，我叫英顺，郑英顺……很常见的名字。"

"噢，是吗，我姓朴。"

"可能的话希望更多像朴先生这样的人来城南住。"

"那又是为什么？"

"这样我们城南市才会更文雅高贵，水平更高。"

朴放声大笑。 对面那对年轻恋人也随着哈哈笑了起来。 他们装作不在意的样子，其实一直在偷听朴二人的谈话。 打了个迟来的招呼，一副这两个喋喋不休的人关系非常可疑的神情。 郑小姐有点儿生气的样子：

"这可不是好笑的事。 是大家不知道，其实那儿住了很多名人，有李大烨……"

"你是说电影明星李大烨？"

"对，不只是李大烨，还有其他电影明星、红歌星、电视演员……"

　　她倒是非常少见的例子。自从搬到城南，直接间接见过许多人，可像郑小姐这样对于自己居住的地方爱得这么深的倒是第一次见。她好像城南市的发言人，一一介绍城南的发展史。

　　可是朴和她完全不同。不论在什么场合他都非常忌讳有关居处的话题。人们很明显地以充满好奇的眼神看他："怎么会住在那种地方？"不，也可能是他自己内心受到什么刺激的影响而先产生了恐惧感，所以养成了总声明自己不在现场的习惯。总之，只要居处话题一出现，他逮到机会就强调自己搬到那个有问题的城市是不久前的事。他对自己的言行很是厌恶，却在不知不觉间成了痼疾，很难改过。不仅朴如此，在回忆的过程中，那个事件所带给人们的无可磨灭的伤痛和阴影盘踞在背后，到现在也还使人们提心吊胆。因此，"是什么时候搬到城南的？"对很多人而言非常重要。土生土长的城南人不将"原住民"或"原住民区"用于未开化和落后的象征，而是作为表现他们的骄傲自满，如闪闪发光镀了金的词汇。他们在这个数字上占绝对优势的拆迁居民的世界里，以依赖历代祖先而活的京畿道贵族的身份，现在还口口声声夸耀自己有族谱，家道殷实，血统绵延，以及数算拥有多少旱田水田。 新搬来的人虽不如城南人傲慢，但也总希望和拆迁居民有所区别，就这一点而言，简直是五十步笑百步。

"不管怎么样，为了活命手脚乱蹬的人，老天爷也不能怪他们呀。"

大概觉得已经熟悉多了，郑小姐不等人问就很自然地絮絮叨叨起自己的私生活。 和外表给人阴郁的第一印象不同，她的话非常多，而且有深藏不露的本事能将那么多的故事叙述得一点儿也不令人厌倦。 可是，之所以让人听得津津有味，只能归功于她个人拥有的本领，至于故事真正重要的部分千篇一律，只要竖起耳朵，在城南市任何地方都听得到，一点儿也不新鲜。 例如，她们家是拆迁居民的典型标本。 时运不济加上屡战屡败，其中掺杂了许多泪水，嘴里虽说有了老家觉得很骄傲，其实心中有些化解不了的不满和难以实现的愿望，凝结成薄霜，侧身于故事的每一词每一句之间，散发出冷冷的光芒。

"现在我在培训班学习日语。"

听她这么一说，才发现原来从膝盖移到茶桌的手提包上的书是中级日语读本。

"前年从高中辍了学就上了职业的最前线。 职业的前线——这么说好像穿了件不合身的成衣，不适合我的身份。没办法呀。总之，女孩子能做的都试过了，假发、手缝玩具、机器刺绣，什么都干……可是每份工作都累得半死，得到的报酬竟比老鼠屎还少。有一天我在打版用纸的边角料里计算了一下，真吓人，竟然要十八年。如果要实现我的愿望，即使不穿新衣不擦化妆品，以后还要干那些工作十八年以上才行。朴先生您想想，以后十八年——那时我已经三十七岁了。我眼前一片黑暗，觉得既愤怒又委屈，哭了起来。痛哭一阵以后，我立刻从工厂跑了出来，去的就是日语培训班。"

和要求一起去旅馆时一样，她将嗓音提得太高，穿透周围令人疲倦的骚乱杂音直入云霄，四周人群的视线一致往他们投来。对面的恋人不知什么时候开始放松了防御的姿势，兴味十足地倾听他们谈话。被郑小姐牵连，进入周遭人们撒下的好奇之网中，虽然颇觉负担，但已经转动的轮子没法随便停止。她好像全然不曾意识到周遭的视线，要不就是虽知道却故意将他们的视线碾碎，一点儿也不客气地唠叨个不停。

"如果用奇怪的眼光看我的话就太让人难堪了。学日本鬼子语言的女人并不都是堕落的人呀。俗话说：不怕被虎叼，只要不慌神。当然不能保证一定赚大钱，可那些日本人带着大笔钱一群群地来，制造了很多工作机会，只要努力钻，总有一天可以大发利市。日语再学一个月就可以领到结业证，领到了证我马上要去考导游执照。"

脱下一层穷酸的外衣，她的内在显然有一种健康的动物本能在吞吐着气息。不管对象是谁，能够撕咬抓烂对方脖颈的利牙尖爪还没有退化，像具有耀眼功能的新产品，全部秘藏在某个不为人知的地方。而且她兼具有如天神所赐的执着和倔强，为了达到一个愿望可以抛弃原有的九个。她那些不是人人轻易能够具备的特点，分明是会受到祝福的无价之宝。

不顾茶馆服务员的脸色，冻得僵硬的四肢紧赖在暖炉边烤得差不多了，接着好像挨了顿痛打般袭上一阵阵抵挡不了的困倦和懒意。室内温度维持在最舒适的状态。好像室内和室外的声音与光线都不能穿越被遮蔽得完美无缺的空间。因此，别说寒气，在车站动弹不得的人群的喧闹声似乎也不敢靠近这个空间。而且外边的骚乱好像跟自己没有任何关系，自己现在是坐在另一个世界，对那些乘客面临的痛苦倒像观赏原始部落的庆典，享受着悠游自在的愉快气氛。积郁在胃里的酒劲儿大概这才开始发散到身体每一个角落，维持适当的微醺状态而全身热烘烘的。 她也一样。 不，比他更厉害。 虽然没有喝酒，但她比喝了六杯烧酒的朴更严重，全身散发着喝了六杯酒以上的醉意。 胸中积叠的许多往事完全释放了以后，这个叫郑英顺的女子双颊洋溢着青春的气息，浮现几近病态的桃花色红潮，美得令人觉得仅一个人欣赏甚是可惜。 以一个未婚女子而言，她这才初具成熟女人的容貌。

可是，好一阵子沉默之后，郑小姐不知怎的开始急速地衰颓。 两颊红潮倏地消失，蒙上了灰白色哀伤的面纱。 一转眼，她又回到给人的第一印象——还未成熟便被抑制了生长的小树，全身剧烈地颤抖起来。 叫人不得不觉得惋惜。 好像目击了一种一生只轰轰烈烈开一次花的仙人掌花蕾绽开又凋萎的短暂过程。 连称呼"朴先生"的嗓音也不再是生气勃勃的少女，而像患了气喘的老太婆般听来孱弱嘶哑。

"我该说实话。 从刚才到现在说的都是骗您的。"

随着身体的抖动，她的声音也轻轻颤抖着。

"我说爱城南是谎话。 而且一点儿也不自豪。 老家什么的也都不是。 它不管什么时候对我来说都是异乡。我爸爸到现在还总相信那个叫首尔的地方断送了他又把他一脚踢开。 永远不能忘记突击小组的吊车拆掉我们家的那天。 所以爸爸还梦想着像凯旋的将军再回到首尔，趾高气扬地喊：你看，我回来了！这也不能怪我爸，怪他有什么用？ 可能的话想尽量帮他。 我已经决心不管什么都做，挣了钱一定帮爸爸完成心愿。 重新成为首尔市民是爸爸的心愿，也是我的心愿。 老实说，抱这个想法的人一定不止我一个吧？ 应该有很多人都这么想。 刚才在外头听大家吵什么是气象台的错；公共汽车公司只顾自己的利益不管大众；道路行政一团糟，交通行政也一团糟等等，其实都只能怪自己。 如果真的觉得委屈，当下就搬到生活方便的地方去吧。 住到首尔四大城门内看看，别说大雪封了路，即使是烟囱被堵了也绝不会担心回不了家，晃到这么晚干着急。"

一刹那，朴仿佛从万丈绝壁上"咕咚咚"滚了下来。另一方面又有强烈的被背叛感。 心中的愤怒没来由地沸腾起来。 接着在眨眼间转变成非常粗暴的性欲。 与其说是针对这个叫郑顺英的女子，不如说那是看到一个被踢被踩被践踏无数次之后仍然蠕动着的强韧的生命，最后有股冲动加上致命一击的欲望。 连他自己也觉得真是无法理解的突如其来的变化。 但现在的心情再没有比那更迫切的了，不立刻采取什么行动的话仿佛五脏六腑都要爆裂。终于，他铁下心要强奸这个女子。

"走!"

任谁听了都会讶异于朴强硬得毫无道理的口气。 他近乎绑架似的拖着郑小姐的手腕。 她满头雾水，身子站起一半，手脚慌乱。 朴迈着急躁的脚步走出茶馆。 当然，他先付了两人的茶资。

　　外边酷寒依旧。 不，比烤火之前寒气更深。 不知是不是因为如此，郑小姐瘦得令人同情的手腕哆嗦个不停。她身上恐怕如小米倒在篮子里凸起了一颗颗鸡皮疙瘩。虽然隔了一层厚厚的毛衣，却像直接握着她的手腕，触感非常粗糙。 没有一点儿罪恶感。 只依稀意识到男人们在类似的行动时经常有的所谓责任问题，同时却在为自己挖掘一个脱逃口。 拖着郑小姐来到马路上时，他不断在心里叨念着：这绝不是我的错，空腹过量喝的酒才有罪，还有毫无预警而降的大雪，如果一定要谁负责，只有老天爷知道。

　　"先生您听到了吗？"

　　急促地喘着气，郑小姐筋疲力尽地问。

　　"我听着呢。"

　　圣诞颂随风飘来。 十点整，刚才播放《爱的钟声》的唱片行播送的礼物。

　　"在庆祝耶稣诞生呢。"

　　"嗬嗬，哈利路亚！"

"第一首是《红鼻驯鹿》。"

"驯鹿鼻怎么样？ 狮子鼻又怎么样？ 别管那个，既然想到了，提早庆祝一下圣诞。 虽然太早了。 郑小姐，圣诞快乐！"

"也祝您圣诞快乐！"她说完，勉强笑了一下。

车站附近的混乱加剧了。 这两三千名群众归巢的本能横遭斫断，却仍继续在寒夜的街头彷徨。 还看到了用卡车送来为数众多的警察在人群间穿行，为维持秩序使尽了吃奶的力气。 如果说还有什么变化，就是在人们极度的悲哀和孤独之上，终于开始从外部有灯光投射过来。报社的报道车辆陆续出现，记者高高地站在引擎盖上拍照。 每当闪光灯"咔嚓咔嚓"闪起的时候，人们为了让人知道自己的存在，无谓地努力高高举起双手大声喊叫。那像一幕喜剧的场景，不知所以的人看了，或许会误以为他们正在享受一时的闲暇。

"在这么冷的地方打哆嗦再等也没有用。 现在什么都不可能了，找个暖呼呼的旅馆睡一觉去。"

朴粗暴地拉扯着郑小姐的手臂，行动仍然很焦躁。郑为了观望形势神态有些犹豫，但他想只要略施手段大概就会乖乖跟着走。 可就在这时，一个措手不及的障碍物出现了。 在决定性的瞬间出现的障碍，使朴别有居心的算计泡汤了。 警察巡逻车开始来来回回用扩音器广播：

"亲爱的城南市民，天寒地冻，大家辛苦了。 让大家等了这么久实在非常抱歉。 现在大家可以放心了，我们已经接到指示，再忍耐一会儿市营公共汽车就会来把各位安全地送回家。 我们非常理解各位又累又倦，但希望各位保持民主市民的矜持，积极合作维持秩序。 现在请放宽心，再稍等一会儿。"

市营公共汽车过了午夜一溜开来了十六辆。 又掀起一阵喧闹，每个人都想先上车，互推互挤。 在那闹得人仰马翻的当儿，郑小姐突然不知从哪儿涌出一股蛮力，非常敏捷地行动起来。

"我先上去占位子。"

她大概认为这是报答他的好机会吧！她大喊一声后便毫无惧色地投身到数百数千人展开的凶恶而具原始本色的疯狂斗争中去。 连抓住她阻挡她行动的机会也没有。 巨大的由人体形成的漩涡很快便吞噬了那个瘦弱矮小不可信赖的女子的背影。 接着，几声凄厉的嘶喊划破夜空，人群开始朝公共汽车的方向一个接一个倒了下去。 简直是眨眼间发生的灾难。 警察冲向前开出一条路扶起摔倒的人。 朴也头昏脑涨地走过去扶着郑小姐站起来。 可是扶着她的手刚一放松，她就软绵绵往后栽倒，完全不省人事。

"郑小姐，醒醒，醒醒！"

朴抓着郑小姐的肩摇晃了几次。 她没有任何反应。

"好像伤得不轻，看来得送医院。"

旁边有人说话，声音如一望无际的平原没有起伏高低。 他问朴：

"您认识她吗？"

朴有意无意转过头，瞥见一个戴制服帽子的年轻脸庞，明白了他是个警察。 如兜头浇了一盆冷水使他回过神来，足以醒悟到自己现在所处的境况。 如果回答认识，那么自己将面对各种程序和任务等等，这些念头很快地在他脑子里闪过。 朴立即变成一个非常现实的人。

"您是说我吗？"朴直起腰，像刚睡醒的样子说道，"不，不是。 完全不认识的人。 刚才站在我前面。 真可怜，真可怜！"

慌慌张张地搪塞过去以后，朴钻到围观的人群后避得远远的。

因为郑小姐一个人，公共汽车延迟了出发时间。 还有几个摔倒的人都是轻伤，让人扶着上了车。 只有郑小姐没法站起来。 那么多推挤喧哗的人几乎都上了车，车站附近特别空荡寂寥。 只有几个关心善后的人坚持到底，留下来填满尚未满足的好奇心。 在围观众人后面逗留了很久，朴装模作样随便选了一辆车慢慢走去。 这时背后传来抽泣的声音。 大概是郑小姐苏醒过来了。

"不要，不要叫我去医院。 别说医药费，我们家少了我会变得一团糟。 不行，求求您，不要这样……"

又耽搁了一会儿，排成一列的公共汽车从第一辆开始缓缓出发。 苦难总算结束了。 疾驰的车中，人们仿佛签订了合约，站着的睡，坐着的也睡，所有人都是一脸睡意。 朴却一点儿睡意也没有。 不是不惦记郑小姐的善后工作，可是和她之间发生的所有事情，他费了很大的心思要像没有发生过一样从脑子里完全抹去。 就像郑小姐不是耶稣，自己也绝不是彼得。 即使回答不认识她，也不必和"鸡叫以先而三次不认"①耶稣的彼得有一样的心情。

车在进入城南市街的警察局前停了下来。 大概因为打了近一个小时的盹儿，有个太太一边跨下车，一边喊了一句非常愚蠢的话："哟，下了好大的雪呢!"朴顶嘴似的狠狠打了个喷嚏。 恐怕是精神一放松便让感冒病毒有

---

① 译者注：引用圣经典故。彼得在耶稣被逮捕时，鸡叫以前三次不承认认识耶稣，后悔得痛哭流涕。

机可乘。朴以迅疾的动作追上前面的人，走上安静沉睡
的大街。就在这时：

"朴先生！"

有人叫他。很意外。朴被逮住小辫子似的滴溜一
下转过身，郑小姐站在后面不远处看来很费劲地挤出一
丝微笑。朴不知不觉快步走上前仔细观察她的眼神。
没有怨恨也没有非难，她的眼睛像一汪积聚的池水安定
沉静。

"今天谢谢您的咖啡，还有煮嫩蛋。"

"受的伤好点儿了吗？"

"没事儿。该在这儿分手了。我走这条路。"

"我送你回去。"

"我自己能走。先生，沙哟哪啦！"

又努力挤出笑容后，郑小姐在雪白的大地上留下歪歪
斜斜的脚印，渐渐淡入白色的夜里。朴向着郑小姐的背
影有气无力地喃喃自语：

"慢走，英顺……"

朴一直站在水银灯下发愣，直到郑小姐的身影完全从
视野中消失。似乎比首尔下得更多的雪，如洁白的甲胄
厚厚地覆盖了整个城南市。这一晚，秽物和废水混杂流
动的炭川支流、高低起伏的山坡顶上像得了传染病后凸起

的疹子般重重叠叠纠缠在一起的房子、在房子里正睡得不省人事的夫妻与他们的孩子，都在一场造就了白夜的暴雪中以纯洁的鲜血获得了新生命。　面对被纯白覆盖的天地，朴觉得愧对于周遭一切，再也不能昂首挺胸傲视天下。

那是刀

　　村子前的堂山①上有一棵大树，在解放台风来袭的某一天夜里，"啪"地从中间折断，树附近随时可见到一个大块头的男人。 虽然大树已从中折断，可大人们在教导村子里的孩子们某些具重大意义的事物时，仍将它当作一个象征之物。 那男人体格之魁梧足以让人联想起那棵大树。 不仅手臂，就是肩膀、胸膛、大腿和腿肚子也都粗壮有力。 唯独脸庞还脱离不了懵懂孩子的稚气。

　　"动屁呀……"

----

① 译者注：因认为土地或村子有守护神，而将村子附近的山或丘陵神圣化，称之为"堂山"。

村民们察觉到岁月也只对他一人手下留情，没有在他脸上留下痕迹。即使他死时带着那张脸进棺材，村民们也不会觉得吃惊。

　　"屁，屁，动臭屁。屁，屁，动狗屁！"

　　村里的小鬼们这样叫他。孩子越觉得亲近，在名字前的别号就添三加四拉得越长。一群小家伙和男人很早就像尼龙绳一样坚韧地联结在一起。孩子们玩儿的地方有他；他去的地方孩子们跟在后头。所谓"动屁"是名字，别号"东弼"。不不，其实"动屁"到死也不过是个别名，他真正的名字才是"东弼"。

　　"动屁干吗坐在哪儿呀？"

　　"在太阳下晒汗水呀？"

　　不错，动屁从刚才起就把身体托付在热辣辣的太阳底下用汗水沐浴。再怎么智能不足的人，也不会为了晾干汗水而坐在骄阳下。起初一定是为了乘凉坐在大树的树荫下，后来懒得追着渐渐移动的树荫跑，便一直留在烈日下了。动屁淌着汗水，衣服都仿佛拧得出水来。军绿色的粗布背心湿透，军绿色变成墨绿色，紧贴在赤裸裸的肌肤上。肩膀以下背心遮掩不到的肌肉，像抹了一层芝麻油，光滑油亮。看着一眨眼就围在他身边打转的小鬼们，动屁只是咧开嘴笑。

"动屁你吃早饭前去郡政府了吗？"

动屁仍然只是笑。

"听说你吃早饭前就跑到郡政府，看了汽车的睾丸、火车的鸟了？"

露出一嘴黄牙，他还是继续笑着。

不知道去郡政府看了什么，但动屁一大清早去了一趟距村子三十里外的地方是没错的。而且还是步行。这是洪大爷说的。动屁从小便在洪大爷家做长工。过了三十岁，洪大爷给他一块田，帮他娶了亲另外过活。大爷是村子里数一数二的乡绅，现在仍像是动屁的监护人。昨晚他对动屁说："你明天一早得去一趟郡政府。"至于去干什么，原打算等出发前才告诉他。奇怪的是他很轻松地便答"好"。到了早上要找他，却不见人影。翻遍整个村子也不见踪迹。过了午饭时间好久才见他满头大汗回到村子里。洪大爷问他去了哪儿现在才回来，他答去了郡政府。大爷没问他"大清早跑了三十里路干了什么"之类愚蠢的问题，只是感叹：

"是啊，我是叫你一睁眼就去郡政府……"

"动屁"是从父亲辈流传下来的老浑号。学孩子的样，大人们也不叫他的本名。自从发现他智力极度不正常以后，再也没有人和和气气地称呼他。孩子们对这个和父亲同辈分的人也动不动就命令："动屁，你去做——"这对东弼而言倒不一定是件冤枉事。如同从孩子那儿受的待遇，他对村子里的老人家也很随便地使用非敬语。但老人家们因为他一人可抵两三人的体力就随时叫他干些吃紧的事儿，所以也并不是单方面吃亏。可说实在的，吃亏又如何？对这么个天生的呆子！

"你猜这是什么？"

一帮小鬼中有个孩子"嘟噜噜"紧握着拳忽地伸到动屁的鼻子前。霎时，别的孩子们都屏住了气，来回看着那拳头和动屁的脸。所有的动作都停止了，火辣的太阳也一时折了气势，天地间只剩下动屁的眼和嘴。遗憾地，动屁并不像孩子们那么紧张。他只瞟了一眼那拳头——敷衍了事般的——之后，"嘻嘻"笑了起来。

"长得又长又瘦，嘻嘻！"

"又长又瘦的是什么？"

"中间夹了硬邦邦的。嘻嘻！"

"中间硬邦邦的是什么？"

"脑袋瓜子上戴顶帽子。嘻嘻！"

"戴了帽子是什么？"

"是铅笔！嘻嘻！嘻嘻！"

孩子们"哇"地发出了欢呼。伸出拳头的孩子摊开手掌，掌心躺着一节沾满汗水的铅笔头。 轮到另一个孩子举起揉成球似的一团报纸。

"你猜这里头是什么？"

"死了。 嘻嘻！"

"是什么死了？"

"眼睛圆溜溜，尾巴长长的。 嘻嘻！"

"眼睛圆溜溜，尾巴长长的，是牛崽子？"

"会飞，嘻嘻！"

"那，是飞机喽？"

"是蜻蜓，嘻嘻！ 嘻嘻……是蜻蜓，蜻蜓。 嘻嘻！"

堂山边又响起了一阵欢呼。 动屁对小鬼们的感动漠不关心，好一会儿面无表情，才猛然想起来似的用胳膊擦拭快流到眼眶里的汗珠。 这么一来，手臂上的汗全都抹到了脸上。 那孩子从皱巴巴的报纸里拿出一只残缺不全的蜻蜓，无精打采的脸上写满了失望。 又一个孩子站了出来。 他一边后退一边大声地数着"一、二、三"，在距动屁刚好十步远的地方停下，一拍屁股后面的口袋：

"这里头有什么？"

"折叠小刀。 嘻嘻！"

动屁答得太无趣，这回没有一个人发出赞叹。 大伙静悄悄地不说话，只有出题的孩子露出一脸可惜的表情要赖皮，直说"错了!"为了证明，他从口袋里翻出一块脆脆的锅巴举在众人眼前。 没错，可折叠的小刀和吃剩的锅巴连芝麻大小的相似之处也不存在。 别的孩子催他把口袋翻开来看看，可他抵死也不肯掏出所有的东西。 那孩子一个口袋里能装很多东西真是万幸。 看着小鬼之间突然爆发的争执，动屁只是张着箩筐般的大嘴呵呵笑个不停。

孩子们的争执很快就停息了。 酷热熔化了孩子们，让他们像熬得稀烂的杂粮粥，打不起精神。 二十，或三十年来罕见的致命的干旱，把化成粥的孩子又晒得像结晶的盐霜。 起初不管天气再怎么热仍兴致高昂的尖锐喊声，在骄阳下也渐渐焦黄干枯。 有孩子越过"堂山"去蓄水池游了泳回来。 说得好听是游泳，其实只是在积水淹到脚踝的水坑里蹚稀泥。 整个春天和夏天像在火里熏过一样晒得漆黑的孩子，手臂和大腿上布满了土黄色皱纹般的水垢。

大树那头有人声渐渐传来。 是好几个人。 他们一点儿也不在意酷暑，顺着穿过杂草树林形成的小径，交谈喧哗持续不断，以非常快速的步伐渐渐靠近。 光听那动静也知道不是这村子里的人。

好不容易插上秧苗的农地里，严重的干旱开始后，已经很难见到村里的农人那样气势雄壮地跨步了。 一群陌生人突然出现在大树前的空地，孩子们受了惊吓，眼中很快闪现警戒的神色。 俨然不打自招地承认他们自己是彻头彻尾的土包子。

"阴凉的地方坐一下，汗干了再走怎么样？"

一行人中唯一面熟的男人说道。 他住在邻村。

"那边那个村子吗？"

戴着太阳镜的男人抬起下巴，指指坐落在"堂山"下的山坡边，像个铁锅似的小而结实的村子，瓮声瓮气地问。

"是啊，就是那村子。 对对！"邻村的男人一边说，一边像站在菩萨前一样向着戴眼镜的男人合掌鞠躬。

"这村子像个小疥疤似的不起眼，可听说个人田产很多，是附近最有钱的村子……"

"都快到了，走吧！"

戴太阳镜的男人领头，两个提着皮包的陌生男人紧跟在后。 邻村男人弯着腰，踩着大树旁肿瘤一般突出地面的粗根，这时急忙抢先一步站到一行人前头。 陌生男人手里提的皮包特别吸引孩子们的注意。 两个皮包好像双胞胎，油亮油亮散发黑色的光芒，中间圆鼓鼓地凸起。从后面看也能立刻区分出谁是乡下人。 当向导的邻村男人后背湿漉漉的，其他人则干净清爽。 他们大概连汗也不出。 像挨一刀也不会流一滴血的人。

"动屁，那个人的皮包里装的是什么？"

稍微消除了一些畏惧，一个孩子忽然勇敢地大声问。其他孩子立刻跟着起哄：

"你猜皮包里有什么？"

"薄薄的。"

似乎有点儿紧张，动屁没有露出他一贯呵呵的笑声。

"薄薄的是什么？"

"四方形，堆得整整齐齐。"

"薄薄的，四方形，堆成一堆的是什么？"

"是刀子……"

孩子们一听"哇"地大声欢呼起来。

"哎哟，世界上哪有那个样子的刀！"

"错喽！动屁错喽！哇……"

猜对了也欢呼，猜错了也欢呼。 孩子们因为动屁难得一次没猜着，高兴地大喊大叫。

"他说这里面有什么东西？"

其中一个拿皮包的男人停下脚步转过身来逼问似的说道。

"说有刀。 动屁说里面是刀。"

孩子们这会儿不管是不是陌生人，已经一点儿也不害怕。 是动屁让他们忘却了恐惧。

　　"那位老兄叫动屁吗？"

　　"对，答对了。 他的名字叫动屁。"

　　"嗬！名字取得可真好啊！"

　　动屁嘻嘻笑起来。

　　"他是个傻子。 这个泥菩萨的本事可了不得。 藏起来的东西他一个个都能猜着，在这附近可有名了。"

　　听了邻村男人的介绍，拿皮包的男人像突然打个喷嚏似的失声大笑。

　　"那是透视功喽？ 我才不信。"

　　"像我这么聪明的人也不会透视功，那样的家伙能吗？ 真是泥菩萨还想显神功呢！"

　　"胡说八道！"

　　戴太阳镜的男人开口了。

　　"自古以来奇能异技就都被残疾人包办了。 那才公平呀。 已经不平凡的人还让他有什么奇能，那就是如虎添翼，岂不是皇帝也搞老干，总统也要搞老干喽！老天爷有眼，在那样的人身上发善心，给他们那一类本领让他们逗人。"

　　"刚才他明明说了是刀！"

"依情况不同也可能是刀。 用这个买一打那家伙的命还有得剩呢。"

"喂！你们的毛病就是嘴松！"

戴太阳镜的男人严厉地斥责。 两个提皮包的男人一震，闭上了嘴。 领着他们，戴太阳镜的男人再度跨着快步走下"堂山"向村子走去。

孩子们叽叽喳喳地跟在戴太阳镜的男人屁股后也下了"堂山"。 大树下只剩了动屁一人。 他站的地方是一片改良洋槐和荚蒾幼苗混合林，树干之间正有开阔的视野，他从那往下看着仿佛就在眼前的干旱的田野。 全身一直淌着汗，个头大，汗也流得多，好像这样也可以为干裂的农地浇灌一点甘泉。 大滴的汗水从脸上、背上、胸前拧出来，"长丞"①般挺立在烈日下。

动屁的神秘之眼可以穿透外层看到事物里面隐藏的东西，这在村子里很早以前就传开了。 洪大爷通过很偶然的机会知道这件事，觉得藏在心里刺得心不安，那天起便在村里传开了风声。

有一天，洪大爷闲得慌，悄悄看起小说《长恨梦》。

———————————

① 　译者注：韩国民间信仰。用石头或木头雕刻人像竖立在村子入口，作为村子的保护神。

他的脾气是如果不拿书签放在书上一行一行地读，就完全不能体会读书的乐趣。那天就是为了找书签。明明记得上次放在了书箱里，可在房间里翻箱倒柜地毯式搜索却怎么也找不着。他嘀咕着："这东西长了脚还是长了翅膀？"那个叫动屁的小子实在看不下去，在一旁突然冒出一句：

"在壁橱里呀！"

洪大爷吓得差点儿昏了过去。书签果然从壁橱里找了出来。他实在没法儿相信。为了试试动屁的眼睛，他故意找了一个非常棘手的问题。

"动屁，好家伙，你知道我们家的房契在哪儿吗？"

在屋里转了一圈，动屁不当回事儿似的答道：

"在照片后边儿。"

"小子，好家伙，还以为你是个老粗，挺毒的嘛。小子，你怎么知道我把房契藏在那儿？"

这回该动屁吓昏了。他说他也不知道是怎么回事儿。没有特别动脑筋，突然眼里就看到了书签。还一口咬定贴在相片后的房契也是那样自然而然地出现在眼前，以前从没有这样的事。那天以后，洪大爷每天战战兢兢换着地方把贵重物品、重要文件和图章等收藏起来。可观察了一阵子以后发现完全没必要。他确实是个天生的傻子，像从前那样当他是个傻瓜也不会留下什么后患。

事实的确如此。从动屁的立场来看，那既不是恩赐，也没有任何意义。突然如鬼神附身般拥有一个特殊本事，能看别人看不到的东西，但他并不知道该怎么利用。和看大家都看得到的东西时一样，只是他自己看了自己埋在心里。所以动屁暗藏的本领广为村民所知后，也没有人对他产生特别的警戒心。隐秘部位长了瘊子或伤疤的女人，可以像以前一样若无其事地在动屁面前大摇大摆地走来走去。干了见不得人的事的人，也不会因为动屁眼睁睁看着他们而停止或隐藏他们的行为。动屁无异于一堵墙壁或一块石头，在村子里不论过去或现在都是个无害的东西，没人将他放在眼里。托他的福，孩子们意外得了个好运道，他就像一个从天而降的大玩偶。

自从出现了那几个陌生男人，村子里起的变化连瞎子也一清二楚。组织了农村开发委员会，洪大爷一下子戴上了乌纱帽。为了开发，第一个卖掉田产的也是委员长洪大爷。他去村里的家家户户拜访，怂恿大家为了农村开发在土地买卖文件上盖下图章。起初当然受到强烈的抗拒。利人利己两全其美的事虽好，但祖先历代传下来的根基不能这么随随便便地卖掉。然而随着时间的流逝，反抗逐渐迟钝了。因为条件实在吸引人。不说价格比市价高得多，还许诺设了纺织厂以后将优先雇用村人。而且在建工厂以前，已经卖掉的田可以以几近免费的低廉田租继续耕种。因极度的干旱而废耕是摆在眼前的事实，有那么好的条件还要坚持忍耐的人简直是傻瓜。除了超过两个圆圈就不会计算的动屁外，大部分的人都决定为了故乡的发展顶着不孝的帽子也无关紧要。

起初不见有任何怨言的是动屁，自始至终他也没有表现出任何反抗之意，只是谁说什么他都不置一词。洪大爷晓以大义分析利害得失后，谆谆告以没有印章的话打手印也行，仍拿这个闷葫芦无可奈何。洪大爷后悔极了。当初把田分给这个只带了两个鸟蛋蛋过日子的天生的呆子，实在是自己最大的失误。不是因为喜欢他而给他，田也不是多得可以撑死人，但每当洪大爷劝得筋疲力尽的时候，就把过去给他的恩德当借口，强调他有交出田产的义务，说了无数的恶言恶语。本来开始办事时是根本没把动屁放在眼里的。所有人都认为动屁该是洪大爷的拥护者，是承受了洪大爷天大恩惠的人。而且他得的土地并不是大得令人眼馋必须挺身护卫。没有任何理由盖不下这个章。但如今动屁成了眼中之刺，扎得人疼。从首尔来的人催得越来越急。但不可能以"动屁是个呆子"为由没完没了地拖延时日。

不远处动屁出现了。 为了照看他的田，一大早微弯着腰甩着粗大的手脚走出来。 对一般人来说那可能是白费功夫，但对这个呆子而言绝非徒劳。 他每天一大早到田里，轻轻抚摸像干草一样焦黄枯萎的稻苗，愣愣地俯视着裂开一个大口子的田中土块。 那模样在不久前还曾得到洪大爷等村民们深深的同情。

　　"从今天起这里由不得你随便来往。"

　　早一步守在路口的几个强壮的大汉拦住了动屁。

　　"这里不是你的地，想过去的话得交过路费！"

　　动屁一句话也不回。 他默默地换个方向打算绕过另一块田。 从首尔来的男人一闪眼连那条路也挡了下来。

　　"这里也是我们的地，不能白过路。"

　　那一刻起，动屁开始无视于眼前那些障碍物的存在。他先用力推开栅栏般围成一圈的男人穿了过去，然后又将后头扑上来十指交叉抓着他的人像弹掉一只跳蚤般轻松地甩开。 但他们仍继续死缠烂打，动屁只要抓到就握起拳头拉过来，然后将他们甩到田里去。 眼前再也看不到挡路的人，他又弯着腰甩着粗大的手脚，在逼仄的田埂上小心缓慢地向他的田晃去，然后低着头在那块年近四十才拥有的土质不良的田产上四处查看。

　　那天下午特别闷热。 把突出于地表的所有东西都烤

焦的烈日下，只有孩子们还不知道疲累。 不管大人脸色
如何，孩子们在山中田野乱窜，抓青蛙，摘野草莓，和干
旱酷暑一较高下。 太阳渐渐失去威力的时候，孩子们在
草丛中窜着窜着，突然看到了不寻常的景象。 是首尔来
的男人们拉着动屁向人迹罕至的深山走去。 已经听说了
一大早在动屁田里发生的拳脚事件，孩子们不可能放过眼
前那奇怪的场景。 从情势看本来不应如此，可动屁仍和
平常一样一副开朗自然的表情，反而是那群首尔男人看来
像绊到凸起的石块差点儿摔倒一样紧张。 孩子们不知不
觉屏着呼吸悄悄跟在后头。 幸好走到近处从枝丫间可以
隐隐约约看到人影听见讲话声而不被发现。

　　"这口袋里是什么知道吧？"

　　有个人问。

　　"尖尖的。"

　　是动屁非常熟悉的声音。

　　"就这个？"

　　"长长的，亮晶晶的。"

　　"你说说，所以呢？"

　　"刀，嘻嘻！"

　　"还知道嘛！那么你也该知道这在肚皮上'嚯'地一
刺就会死啰？"

孩子们可以看到几个人一齐拔出闪着蓝森森骇人光芒的尖刀。

"肚破肠流之前大拇指赶快在这儿捺下印。"

不只是嘴巴说说，男人们真的把刀尖顶在动屁的肚子上。可是只见动屁的头左摇右晃。

"说了那么多也听不懂吗？笨猪！除了你大家都卖掉了！就算下场大雨，从明年起光靠你自己种稻种豆什么的门儿都没有，这个笨猪！"

动屁的头仍然只往左右摇摆，不会上下点头。

"这家伙，教训他一下让他聪明点儿！"

一发出命令，恶狠狠地站在前面的大汉举起没拿刀的手，朝动屁的眼睛就是一拳。那是开始的信号，其他男人一起挥动拳脚落在动屁身上。挣扎了一会儿，动屁突然猛地抱住前面一个男人滚在草地上，肚子上插了一把刀手脚乱舞站了起来。刀刃深深刺入，只剩下一节刀柄露在外面。动屁"嗯哼"用上力道把刀拔了出来，肚子立刻像水泵般喷出一股鲜血。他乱挥着拔出来的刀和几个人打斗，肚子上的血不断洒在草地上。终于，动屁弯下腰像一棵古老的大树重重地倒了下来。

看到动屁仰面朝天倒下，不知谁突然如婴儿般放声大哭。其他一直瑟瑟发抖躲在草丛中连大气也不敢喘的孩子吓得打了个冷战，给马上马嚼子似的用手掌堵住他的嘴。 可是已经太迟了。

"哪个家伙在那儿？"

随着一声大喊，拿着刀的男人们纷纷冲进草丛。

"不要动，小鬼！"

把孩子们一个个全部抓住，男人们摆出刚才对待动屁时一样的架势举起刀：

"小鬼你们知道这是什么吧？"

其他孩子都两膝酸软舌头僵直，一脸死灰色，只有那大哭的孩子圆睁着眼，立刻停止了哭声，"咕嗒"吞了一口口水脱口大喊：

"尖尖的。"

已是重复多次的游戏了，但现在大人和孩子在扮演风马牛不相及的对答：

"什么？"

"长长的，亮晶晶的！"

"什么？ 那又怎么样？"

"是刀子！"

"对，是刀子！ 被这个刺一下会怎么样？"

那孩子很快地连连点头。 其他孩子也跟着"咕嗒！咕嗒！"吞着口水死命地点头。

"今天在这发生的事儿不准回村子里说！不然宰了你们！听到了吗？你们长大了以后也不可以跟任何人说！不然到哪都会找过去宰了你们！都听到了？明白了吧！"

让孩子们一再发誓之后，男人掏出一大沓钞票塞在他们手里，然后拖着动屁往森林里走去。过了好一会儿才出来，把周围的草地稍微整理一下，又拿出刀来逼吓孩子们一次，便下山扬长而去。

好久好久才找回出了窍的灵魂，孩子们振作起精神，确定了男人们没有回村子而是走了另一条路。不知什么时候太阳已斜斜挂在山脚，天边被夕阳染得通红不见一丝云彩，傍晚比白昼有过之而无不及的酷热已渐渐收敛了威力。孩子们好不容易撑起抖个不停的双腿，离开森林下山来。远远看到了村子的轮廓，炊烟像一条灰蓝色的带子笼罩着整个村子。靠近村子的时候一个孩子突然快步跑了起来。就是不久前放声大哭的孩子。

"动屁死了！"

"哗啦啦"甩着手里握着的钞票，那孩子半哭半喊。

"动屁死了！"

其他孩子也边跑边一齐高声喊叫。可是孩子们的喊声是那么的渺小无力，被正要迎接黑夜的寂静田野和苍天给吞没。

冰青与火红

　　没有任何人尊敬于下士。 团长以下的高级参谋嘛，
当然如此。 直到发生事故前，那些高官显贵们很明显地
对阶级低微的下士的存在不曾给予任何关怀。 事实上或
许正因为如此，一旦出了事，才能看得到他们那谦虚而又
喧嚣的敬意。 可我们不一样。 至少我们一等兵在这期间
不分昼夜经历了无数事件，于下士是个什么样的人我们可
清楚得很。 他是个说话前先伸拳头的人。 对于国家支付
的公私物品不论尺寸或品质都不计较。 因为只要愿意随
时可以和内务兵来个物物交换。 他以职业军人的身份，
对那些服短期义务兵役的人仅以短期为由，就可以纠举他
们服装不整或不服军令。 为了杜绝那些一等兵触犯军

纪，每隔三天就带头领导下士们一致行动。 他还和在基地医院当卫生兵的同期下士串通，未经上级允许动了包皮手术。 对于于下士我们无所不知，所以真正碰到不得不尊敬他的事件发生时，最慌张最伤脑筋的也就是我们。如果不将个人本有的性子、自尊稍做修正，简直就是不可能的事。 但结果我们做到了。 其实就某种意义而言，比起挨巴掌或挨棍子，表现一点儿尊敬更容易也更有实效。

　　排定去基地医院军官病房当护理员的轮值表比任何任务都累。 事件发生当时，团长特别照顾全身烧伤的于下士，让他以下士身份住进了军官病房。 那对我们而言是三分荣誉七分负担。 去医院成了倒霉事。 只要去一趟回来，两顿饭无法进食都是常事。 尤其倒霉透顶的是碰到换绷带的日子。 有经验的人下回再轮到时，便以肚子疼头疼等急症为由，干脆先病倒在床。 人人决心与其被派去值班不如一死，这可害苦了无辜的值班组长。 但这也不能全怪罪于那些偷懒的士兵。 有生命的不一定是人。全身缠满白色绷带，为了呼吸在鼻孔处留下一个洞，是主张他仍然是人的有力证据。 而且他还有意识：发脾气、使坏心眼儿和争强好胜，混杂不睡觉、继续不停地转动身体的强硬的意识。 从死人般躺在担架上被抬进医院的时候开始，他就散发一股腥臊味，加上化脓，时间一久，他的身上形成了令人掩鼻的恶臭。 绷带下近于惨嚎的呻吟和嗡嗡低语不断。 忍着恶臭把耳朵贴近他嘴旁仔细听话，他的嗡嗡低语大致是：

"赵一等兵怎么样了？"

我们值班人员私下商议，为了于下士好，将已经非常不幸的赵一等兵报告得更加不幸。 所以每当于下士问时便回答：

"活是还活着，可比起赵一等兵，于下士您的伤实在不算什么。"

一定要听到这样的回答他才能睡上好一会儿。 他关心的目标赵一等兵在医院度过第一晚就咽气了。 死了以后我们才确确实实憬悟高中一毕业就入伍的赵一等兵是多么善良纯真。 倒不是因为他减轻了值班人员的负担，赵一等兵真的是样样都好的小子。

星期六，大家都忙着准备离营休假。 最焦急的是值班组长。 交班时间已过，派去基地医院的值班护理员还没有决定人选。 大家都申请了休假。 虽然可以利用组长职权禁止几个好欺负的小兵离营，但原来看似好欺负的人都各有去不了基地医院的确实理由。 他们的决心是拼死奋战。 申下士第一次在我们面前被塑造成救世主的形象也就是这时候。 他慢慢走到值班组长前，还是那张饱经风霜的老赌鬼般没有表情的脸，突然说：

"我去吧？"

如果是别人倒难说，因为是申下士，包括组长在内的所有人一时都不明白他的意思。话音刚落，申下士就出去了。好像要去上厕所似的跨着轻松的步伐走出内务班，不一会儿，原来去医院值班的小子回来了。他说和申下士换了班，一副完全无法相信的表情。我们也无法相信。

申下士是个神秘人物。对于他的身世，即使我们这些同期兵也所知不多。不爱说话，连老下士们也怕他。让人认识到他是个可怕的存在之前他已经因为惹了几次事而强化了他可怕的地位。他刚调来的时候，因为看来一脸颟顸，常常成为人们玩弄的对象。而他的脾气是对一般嘲笑和侮辱差不多都能忍过去，可一旦越过了他自定的某种界限，那一瞬间，不论是非黑白，眼前能见的所有东西就都成了凶器。像个废物一样一直默默忍耐，可不定哪天就悄悄拿起叉子或螺丝起子以闪电般的手法狠狠刺入对方的手臂或大腿。几次以后，再也没有人敢耍弄他。不仅不敢耍他，而且干脆对他不理不睬。从那以后，反而像是他一向所盼望的，如飘浮在污水上的南瓜子，脱离团体独来独往却既不枯干也不会死亡。

他突然申请服终身役的时候我们也并不怎么吃惊。服义务兵役入伍，中途转为终身役的人不在少数。那一类士兵不但是同期兵，连身份转换后与他们同等的下士们也以极差的态度对待他们。不仅在军人社会，他们的人生也被打下了桩子再也翻不了身。虽然挂上了下士的肩章，其实既不是下士也不是一等兵，这么不上不下，一朝突然就失去了归属。甚至我们对这个同一天入伍却不能同一天退伍的同期兵也一点儿不觉惋惜，反而觉得有这样的同期真是一大耻辱。他申请了终身役之后大队行政处才传出流言说他是孤儿院来的。不知道可信度有多高，但他在新兵时期单恋一个歌星的流言也在那时传了开来。每晚揪心的寂寞似乎逼得人发疯，于是，听了因唱"谁来平息我心中的火焰"——歌词大略如此——而走红的歌星那哀怨的曲调，同情心油然而生，立刻写了一封信。他提议如果真有什么事自己甚至可以充当消防员的角色。他的提议杳无回音，善意遭人漠视的凄凉之感悄悄地沉淀在心里。虽然认为他的感情应该不至于那么敏感纤细，可是那是让我们大队队员把注意力集中在他一人身上的一大原因。

因为并不要求值班护理员是正人君子或模范生，所以大家都很感谢申下士。下士阶级原则上是不需要轮班的。 申下士自愿去值班降低了士官的身份，多少有些老士官强烈反对。 可是别说大队，就是飞行团里病人的比例本来也高，又加上申下士是一不如意就随便拿起东西往人身上狠刺的脾气，所以大家都装作不知道而不了了之。那个星期六以后，申下士几乎每天晚上去当护理员。 轮到值班的人去找申下士，悄悄塞给他一两张纸钞拜托他，他总像是去参加夜游似的口气很轻松地便答应了。 没有钱的人送一包压缩饼干也可以，若连饼干也没有的话，空着手光凭一张嘴请托也能得到很爽快的许诺。 他像是为了当护理员而生。 不像别人去了一趟回来"呕！呕！"吐个不停，几天吃不下饭。 尤其是还不到季节就群集的苍蝇，即使床边挂了蚊帐，在换绷带的时候仍可看到溃烂的皮肤上白白的苍蝇卵。 对于这个传言申下士始终既不承认也不否认，只是撇着嘴笑。 每当听到烧伤面积达百分之八十以上的于下士情况继续恶化的消息，我们轮班人员就非常感谢申下士。 自愿服终身役这么久以后我们这才开始祝祷他一帆风顺。 甚至还有异想天开的家伙，愿他不合一般常理地继续晋级直到参谋总长的高位。

军医预估拖不了几天，但总与事实相违。 人体如果以一百为基准，胯下命根只占其中之"1"，可连那个"1"也烧伤了。 于下士完全无法进食，只靠不断地插管输液获取一点精力，在无休止的耍脾气动肝火中度日。穿透绷带冒出来的呻吟仍然听得到问"赵一等兵怎么样了？"

于下士烧伤的第七天，他的未婚妻来到部队，团长特别破例让她在基地医院暂住照顾下士。她进来的那天，大队里很小心地传着一个笑话。

活了命也过不了日子。

是借夫妻生活中不可或缺的"1"失去作用时所隐射的笑话。

活了命也过不了日子。

他的未婚妻从进部队起就带着已经有此觉悟的表情。大概之前已听了充分的说明，没有害怕得啼哭，也没有吓得昏厥。那张脸说实话并不漂亮。略黑而粗厚的皮肤，散发着一股土气。几乎不说话，使她壮实的身材给人的印象更加笨重。她对大队长的慰问毫无反应，立刻开始了看护工作。虽然有未婚妻在旁，但大队长仍继续派遣轮班士兵。因为照顾于下士大大小小的工作不是仅凭一个女人的力气可以胜任的。

她还代领了颁给于下士的奖状。本来呈报的不是奖状而是勋章。大队内务班掌握实权的是于下士的同期士官，他们主导全队队员在陈情书上盖了章。阐明事件当时于下士的积极行动，建议授予勋章。 根据陈情书内容叙述的英雄事迹，于下士那时有充分的余裕可以不伤毫发地从火窟中逃生。 停机库氧气筒爆炸，火力猛烈的航空油迸射出一发不可收拾的火焰，飞机残片在空中乱舞，纯粹是出于同袍之爱和使命感，他几番冲进停机库。 到机库进行定期检查的于下士，不能将陷在一眨眼被火焰包围的飞机和熔炉中惊慌失措的同袍置之不顾一个人逃生。所以他以超人的意志和勇气，做出了救出某某大队、某某中队、某某军阶三人；抢出工具箱数个；辅助装备 XXX 等英雄般的行动，自己却遭到了可能致命的重度烧伤。

于下士的同期士官并不如陈情书详细叙述英勇事迹的态度那么亲切，只是命令士兵们拿着印章排成一列说道：

"翘辫子前给这可怜的家伙一点儿甜头。"

可是我们很快就知道所盖的章产生了什么作用。 一个印章所保证的内容那么伟大，不能不令人感到惊愕。于下士的同期士官喝个烂醉，踏着歪歪斜斜的步子在各内务班转来转去，"呜呜"地哭几声，又喊几声于下士的名字。 谁也没法打断他们的势头。 他们的同袍之爱近乎疯狂，好像若有人心直口快说些什么不中听的话就会当场被打死。 他们令人心酸的努力渐渐催眠了大队里的气氛，让真实与虚假的界限暧昧模糊起来，到了除非铁石心肠否则不能不受感动的中蛊状态，让我们必须重新回顾我们周遭是否真的曾有这样一位人物。甚至陈情书上点名被于下士救出的三位士兵也相信了真的是于下士救了自己。我们同心合力编造了一桩佳话。在那桩佳话中，于下士一夜之间异于往昔拥有了完美的英雄形象。

大队长也如此。自己麾下有一名成为全体士兵表率的英雄下士士官，是没有任何损失的。经大队长认定向团本部提交了申请，我们陈述的内容首先感动了团长。他在自己的权限内进行了所有的处置。首先让奄奄一息的下士转到军官病房，然后允许他的未婚妻住在营内照顾。勋章审查需要时间，虽然惋惜，但先以飞行团的名义授予奖状以表诚意。又联系各媒体邀请一批记者采访发布消息。

决定了参加记者会的人员：将于下士视为救命恩人的三名士兵、于下士的一个同期士官、大队长和大队副官。另外加上了申下士。他因敬佩于下士的人品，奉献式地承担所有护理工作，成为又一桩美谈的主角而被赋予与会资格。出席者齐聚大队长室，预测记者可能提出的问题练习答问，然后走向充当记者会会场的团长室。团长分配座位后，由政训军官主持，开始记者会发言。

"请各位谈谈事件当时的经过。"

记者会依预定顺序，如齿轮咬合般没有一点误差井然有序地进行。 根据六 W 原则叙述各自经历的事件。 不论是谁，在关键点都抛开个人经验很巧妙地与于下士的行为结合起来。 记者们很认真地记录拍照。 任谁看来都可以确定记者会能得到预期的结果。

"几乎是您一个人担任看护工作吧？"

大家的视线一齐投向一直呆坐一隅的申下士。

"您太辛苦了。 申下士眼中于下士的为人，病房里的轶事可以为我们介绍一下吗？"

当个顶缺的角色或许还行，要求他直接开口有条有理地说明什么事情实在不够格。 后来发现让申下士夹在这种场合从一开始就是错误的角色安排。 申下士是个闷葫芦。

"怎么样呢？ 他像平常一样，病中也是个英雄吗？"

"……"

"出事的时候您在飞机库里看到于下士了吗？"

记者们不轻易放弃。 交给申下士的责任非要他担当下来，他们轮番提问要让下士打开话匣子。

"是。"申下士终于答了一个字。

"那时候于下士做了什么，怎么做？"

"着了火。"

申下士开口的时候一脸欣喜表情的记者们听了这意料之外的回答，都忘记了斯文礼节哈哈大笑起来。 他们开始露骨地轻视申下士。

　　"他身上着了火我们也知道。 我想问的是他只是在火里烧着吗？"

　　"是。"

　　会场起了骚乱。 到处响起嗡嗡的哄闹声。

　　"请再仔细说明好吗？ 身上着火以前于下士做了什么？ 还有着火以后他怎么行动？"

　　唉！唉！可怜的申下士……

　　"工作差不多结束的时候，于下士的工作服上沾满了汽油。 '砰'的好大一声响，眼睛前边儿一片漆黑然后亮了起来。 回过神儿一看，于下士成了一团火球，一蹭一蹭地又跑又跳。 事情太突然，搞不清楚是怎么回事儿……"

　　出事那天下午大家都亲眼看到了。 当天的工作进度将结束时还在飞机库里的人异口同声地那么说。 "砰"的爆炸声和嗡嗡的回音声响起的同时，突然周围就成了一片火海。 运气好站在机库外目击爆炸的人证明，在机库里魂飞魄散，在火海中仓皇逃窜的行为是不可避免、可以理解的。 因为那是刹那间发生的事。 一架教练机采取降落的姿势正要下降，入伍以来看过无数飞机起落，唯独那架教练机给人一股不祥的预感，吸引人的视线。 好像笔直地瞄准自己一眨眼就冲到面前来，猛然瞥见驾驶员打开降落伞逃生，驾驶座顶掀开时削去机尾的痕迹。 教练机呼啸着划开空气在空中滑翔后掉落，远远偏离跑道，迸出蓝色的火花，竟然很奇特地在停机坪空地着了陆，然后射门进球似的立刻冲进完全敞开的机库大门。

"申下士看到的肯定是于下士倒下之前的最后一幕。好，记者会就到这儿结束。"

主持记者会的政训军官赶紧终止了质询。 就这样，特地举行的记者会得以不再出任何差错顺利结束。 记者会之后申下士变得忙碌不堪。 各处室都传他去报到，他分身乏术，看来简直连大小便的时间也没有。 记者会上申下士最后说的话违背了团长和大队长的心意。 一旦触犯了那些大官，不难想象申下士是不可能全身而退的。位居显贵的人不可触犯，对他们表现不满通常到一个限度就会停止；然而对地位低下的人岂会轻易罢休？

果然不错。 申下士被上级士官传去，回来后又在内务班长手中轮番被调弄，最后进了下士官室。 从以伏魔殿著称的下士官室出来，已过了就寝时间很久，是第二班夜哨在营内巡查之际。 他一瘸一拐走进熄灯后洒了墨水般的内务班，摸索着找到自己的床，衣服也不脱闷声蒙上了被子。 被窝里整夜发出哼哼唧唧的呻吟。 第二天起床一看，眼泡子瘀青，鼻孔里塞了一团纸。 吃早饭以前便为了写检讨跛着脚穿梭于各内务班老兵之间。 那以后一连三天他一定在就寝号响了以后才回营房。 记者会后他当然再不去当于下士的值班护理员了。

唉，愚蠢的申下士……

他根本不知潮流所向。 归纳所有复杂的思路建立一个新的思考方式，一鼓作气将一些障碍物粉碎，吸收那些被粉碎的东西让自己更肥壮，然后浩浩荡荡地往前流动，这才是潮流。 但是他根本无法理解这一点，不仅无法理解，还敢螳臂挡车逆流抵抗。 其实即使他不那么多管闲事我们也完全知道他是对的。 我们和他根本上的差异在于识时务与不识时务。 虽然他的确是对的，但遗憾的是因为对的只有他一个人，就算对，结果也是错的，这就是申下士。

我们没有不了解于下士之理。 于下士是连续爆炸开始的那一刹那全身覆上了航空油后，立刻被烈火吞噬的牺牲者之一。 铝合金碎片横飞乱舞，与爆炸同时涌起的第一阵狂风让他全身受到重击。 狂风过后士兵们才发现自己被围困在巨大的火窟中动弹不得。 这时最迫切的事是找到墙壁。 靠着墙壁摸索前进可以到达紧急出口。 到处是垂死的凄喊。 践踏着凄厉的喊声，不知该如何冲出那间或窜起爆炸巨响的人间地狱。 一人好不容易爬出机库，大伙儿正围在管制塔前观望。 有人跑上前去"噗噗"帮他熄灭工作服背上的火焰。 还没来得及喘口气，一个人形火团"呼噜噜"从紧急出口蹦跳出来，身上的工作服已经全部熔化，飘飘晃晃流到地上，火焰就在他的肌肤上燃烧。 呼呼跳跃的火团中还能清楚瞥见高高耸起的生殖器。 猩红火焰的威力一直延展到那直挺挺的生殖器尖端。 急乱中有人拿灭火器喷到他身上。 火势被控制住时，很快地喷上一层白色冰雾，他便"叭"地倒在地上。是于下士！

　　他是不是英雄？ 大概每个人都曾花了一点儿时间研究过，而不需研究太久各人也都在心里下了判断。 没有给予仔细思考的时间，很快就由少数具影响力的人展开了一个潮流。 在被卷入那股潮流时，每个人都立刻了解那不是近一两天才开始的形式。 大部分人都心领神会，基本上所谓"追叙"，有史以来便是强调运气好存活下来的人，向运气不好而牺牲的人证明运气之好坏的致命性差异的一种陈腐形式。 别人得到了自己得不到的东西，也不觉得特别眼红。 因为虽然得不到"英雄"的封号，但得到了留着一口气活得肉满膘肥的祝福。 活着的人对死人或残疾人应有一点儿宽厚之心。

仅止于此，再不可能有别的原因。 如果硬要出头声称是被燃烧着炽热的袍泽之爱的老下士们之气势镇压所致，那只会成为一种悲惨的告白。 斗不过上级强悍的压力，明知不正当，但与其说是共谋，倒不如说是在健康完好的人们举行的庆典中轧上一角，听来口气要温和得多。在新闻报道下申下士的言行再次被证明是错误的。 介绍于下士的英雄事迹的报道用红线加了框在内务班传阅。申下士的发言完全被漠视。

记者会后没几天，一个奇怪的流言在大队里传了开来。 于下士的未婚妻和申下士之间似乎有什么关系。 会后申下士不再轮班看护是铁的事实，可有人说看到申下士在基地医院附近徘徊；还有人说远远看到两人在基地餐厅的后山幽会。 除此之外，从医院回到内务班的值班兵添油加醋又说了许多见闻，颇不寻常。 于下士好像有一肚子的毒计。 不再问："赵一等兵怎么样了？"而是嘀咕："等我好的那一天，要把那对狗男女打成蜂窝！"他的未婚妻在一旁听而不闻，一副毫不相干的表情始终如一地侍候着病人，像个海绵似的吸收所有的闲言恶语。 简直怪异极了。 无论从哪个角度看，那女孩都忠诚得近乎愚蠢，从来就不像是会埋怨"活了命也过不了日子"的女人。 从这一点来说申下士也差不多。 与草木无异的申下士，除了他自己，若说他会爱人或被谁所爱，完全是超乎想象的事。 即使是年轻男女每日在病床边共度，也不致如于下士所嘀咕的像动物发情般那么容易勾搭上。 自从流言传开，对人们有意无意间投去的监视的视线，申下士似已下定决心谨慎处理，每天工作一结束就在内务班寸步不离，让流言无法证实而自然消失。

于下士烧伤后，令人惊讶地支撑了一整个六月才咽气。 比起军医官预测的"拖不过几天"，他坚强地要活下去的意志到了可怕的程度；但比起团长军队式地强迫动用现代医学的所有手段方法救他的命令，他的生命却维持得不够久。 至于众人的想法呢？ 说实话，轮班士兵听到他死亡消息的那一瞬间，都觉得"活得也太久了"。 最后一天值班的士兵告诉我们于下士睡着了似的平安地走了。 尽管担心受到别人的指责，他还是坦白了自己对临终的病人没有忠诚地尽到照顾之责：

"打了一会儿瞌睡，醒来的时候看表，发现已经过了和杨小姐约好换班的时间很久了，所以赶紧跑去值班军官室叫醒杨小姐带她过来。 进了病房一看，她马上就明白了。 因为除了鼻子以外全身缠满了绷带，在我看来他难得睡得正甜。可杨小姐说不对劲儿，手伸到鼻子下探探，悄声让我请医官来……"

星期六下午，在基地电影院举行了庄严的飞行团式葬礼。空中回响着悲凉的镇魂曲，着礼服戴白手套的同期士官们捧着遗像、灵位和遗骨依序进场。先报告亡者简历，于下士已特例晋阶一级成为中士。然后由团长以主祭的身份朗读祭文，同期士官代表断断续续哽咽地朗读悼文。通过这些仪式，再一次确定已故于庠振中士是真正的火中英雄。当奏起那天听来特别让人肝肠寸断的熄灯号，我们便与亡者永别了。令人们屏息的庄严的仪式，将于中士的死亡衬托得更加感人。我们之中如果还有人想追究于中士究竟是不是英雄，那么那场葬礼足以担当甩他耳光踹他胸膛的重任。那是一场严肃而隆重的戏剧化的仪式，气势雄壮，任何想违逆潮流的企图，哪怕只是一丁点，也绝不容许存在。如今大势已完全一边倒。

于下士（中士）的葬礼结束，大队里的气氛像庆典之后的广场，凌乱非常。葬礼的余哀还没有完全抖落，已领了外出证的人没有心思熨平衣服上的皱纹，或让鞋尖闪闪发光。留在营里的人也定不下心来，一脸的心烦意乱在内务班里里外外踱来踱去。留营者之一的申下士向我走来：

"去得远吗？"

他向我搭讪值得在记录上留下一笔。因为虽是同期，但很久以前就断绝来往。

"不远，跟人约了在城里见面。"

"这个吗？"他竖起右手小指微微一笑。

"可以那么说吧。你打算怎么过？"

"我也跟人约了见面，可是……"

"这个吗？"

我只不过是开玩笑竖起小指随便问问，他口气稀松平常的回答却大出人意料：

"是啊，可以那么说吧。"

"你跟女孩子约会？怎么没有先申请外出证？"

"取消了。留下来有点儿事。有件事想求你……能不能帮我转交一下这个？在车站前的茶馆。晚上七点，有个你也熟悉的人会在那儿等着。"

他把一个厚厚的信封推到我面前。

"你说话越来越奇怪了，随便交给她就行了吗？"

"麻烦你转告，就说我有点儿事没法出来，看了里头的信就会明白。"

"肯定是我不能看的内容吧？"

申下士轻轻笑了一下，踏着前所未有的轻松步伐走出了内务班。

当然，中途我拆读了那封信。一到城里就随便找了家茶馆，全然不觉得自己犯了"隐私权侵害罪"，以诚敬的心在封口抹上唾液，打开信封抽出信笺。是在横线纸两面以印刷品般工工整整的字体写的长信。

      ……在你读这封信的时候，我大概已向军法单位自首，正接受调查。

      没有察觉那个人已经死了，而以杀人为目的伸出毒手，不知道这在法律上是否也属于杀人未遂。值班士兵那时在打瞌睡，我拿着手帕放轻脚步走去。从来不觉得杀死于下士有什么困难。用手帕堵住鼻子，不消五分钟就可以解决。实际上我也那么做了。可是突然有奇怪的预感，赶紧拿掉手帕仔细看了看。于下士已经冷冰冰没有一丝血气。你可以相信，于下士是自然而然地死的。我有意杀他是事实，但我没有杀他也是事实……问题是军法单位是否相信我的话。恐怕是我咎由自取惹上了杀人的嫌疑。肯定也有人在背后指指点点说我是匹夫之勇。可是我不能保持沉默，并不是因为良心的谴责。所谓"男子汉"有时也会成为可笑的动物。即使什么也没做，为了坚持自己的信仰而自我陶醉，结果成了一个动物。 我要以自首杀人未遂来彻底证明我是对的。 如果可能，即使只是暂时，我也想让那些嘲笑过我的行动的人觉得羞耻……我不愿将已经非常不幸的于下士再度置于死地。 于下士在全身遭大火舔噬的时候已经死了。 之后部队里发生的任何事情都和他无关，那只不过是活着的人假定于下士仍然存在所展开的一场秀罢了。 活着的人为了一场快乐的游戏而将死者像狗一样拉着炫耀，这一点绝不可原谅。于下士应该死得像于下士，一分不增一分不减。 一朝突然将他捧为英雄，吵吵嚷嚷强迫人尊敬他，对不幸而死的人不仅无礼，对他人性化的死亡更是一种冒渎。 我之所以希望让于下士找回他自己，一分不增一分不减，以他原来的资格永眠，而决心为这一切卑鄙的游戏画上休止符，原因就在于此。 我确信在这种情况下让他早一日离开人世是积德行善……希望你理解我所有的行为，也请你原谅我，鼓起勇气开拓你自己的新生命。 将于下士的形象——与杨小姐完全无关的人随便且不负责任地装饰彩绘的虚假形象——从心灵底层抹得干干净净。 愿杨小姐永远记得你有充分的理由可以寻得属于你的幸福。 祝你幸运。

星期六晚上七点，杨小姐在车站前的茶馆等着申下士。 见到杨小姐的那一瞬间，我无法确认自己是否有一丝申下士所期待的羞耻之感。

化身九双鞋的男人

　　从一开始就事与愿违。 超乎自己的能力硬打硬干在城南市购置了一幢房子。 为了补贴过度的负担，我们决定把房间租出去。 那时，我们夫妻颇自负于我们是世界上精明厉害的房东中品格最高的一流，而断定承租我们房子的必然也是有着远大梦想的人。 根据这个理由，当然要求住在门房的人至少也应像我们一样品质高尚。 可不知怎的，总觉得实际情况从一开始就偏离我们的期望。尤其是当穿着便服找到学校来的李巡警谈到与我们同一户籍的安东人老权时，那种被背叛的感觉更是到了顶点。

　　"……一点儿也不需要有负担感。 不是要求您每天义务写什么报告。 如果看到什么特别的行动，比如去远地旅行；来了奇怪的客人；大米、煤球用完了挨饿受冻；突然有一大笔钱……"

对于"负担感"，李巡警的见解显然错误得厉害。至少就我所知那不是想得到就可以得到，不想要就可以不要的一种任意选择的东西，而且也绝对不是按着个人愿意就能无所不用其极来获取的嗜好搜集。

"您这是叫我当您的线人吗？"

"何必说得那么难听呢！"

李巡警有大学学历，负责管理我们学校。他哈哈大笑之后立刻正色说：

"我并不是在吴老师面前强调身为国家公民的义务，只是请求您做一个亲切热情的邻居。"

"向政府密告老权的一举一动就是亲切热情的邻居呀！"

"就是啊！"一边说，李巡警又哈哈大笑起来，"我们别再提什么线人或告密。过一阵子吴老师会了解的。我的意思是您说的那些和老权有关的话是多么不恰当。老权有给吴老师什么麻烦吗？您讨厌他吗？"

"哪里就到了讨厌的程度呢……"

"仔细看看大米是不是没了，煤球是不是用完了，希望尽您所能帮助他。以我的立场实在是没法儿出面。当然，雇用老权的老板也有责任，不过没有哪个企业喜欢采用被稽查的人。可老权本身的问题更大。他比任何人都难以忍受依据法令被暗中调查。我之前的负责人碰过好几次，他的脾气是一旦发现被暗中调查，工作、生活，甚至妻子儿女全都会抛弃。宁愿躺在家里饿肚子，每天以酒代饭，像畜生一样越来越粗暴几近发狂——本来那么善良温顺的人。现在相信您已经了解我的意思了，如果您帮忙让我的任务不惊动任何人就顺利执行，吴老师您一定能成为一个亲切和善的邻居。老实说，跳开我警察的立场，光从人性来说我是很爱老权的。如果可能我很愿意帮助他。说不定不久以后吴老师也会这么想。再一次恳切地希望您成为一个亲切热情的邻居。"

我会爱老权！光想也觉得可怕。倒不如准备一大笔谢礼请别人来帮我爱他。当初我们决定把房子租出去的动机并不是感情，而是太想念"孔方兄"了。

老权一家搬到我家门房那天的景象不仅是可观，简直就是壮观。正好是星期天。难得晏起吃着早饭，门铃响了起来。妻出去开门一看，非常吃惊的喊声连里间都听得到。我出去看看发生了什么事，才理会了妻的咋呼。我也吓得不轻。不知从哪儿来的一个女人，头上顶着有她自己那么重的巨大包袱，汗如雨下，喘不过气来。又瞥见距大门稍远处站着一个大概九岁的小女孩，距女孩几步远的地方还有一个三岁左右的小男孩。他们一家的家长在陡斜的山坡下边放下包袱喘着气，正要掏出香烟。一看到我，他赶紧把好不容易咬在嘴上的烟胡乱塞在口袋里，"呼"地一下把包袱扛在肩上。包袱压得他重心不稳，东倒西歪勉强往山坡上爬。那个男人如果就是租了我家房子的老权，那么他比预定的日子早了四天，也没有事先向身为房东的我们请求谅解，便单方面突击而来。男人好像立刻就会被行李给压倒似的，我抢上前去接过了包袱。行李比想象的轻多了。只是外表像捆杂草般乱七八糟，其实是松松绑着的被子。孩子们抬头以受惊的眼神盯着我。他们俩手提着鼓腾腾的塑料皮包，看起来很吃力，但都不声不响地忍着。妻还没有从惊吓中恢复，也没有帮着提行李的意思，只是掂量什么似的上上下下仔细瞟着老权的妻子。老权的个子很矮。我虽然是普通身材，但比起老权简直像个巨人。老权只专心看着我穿拖鞋的脚，一直保持沉默，我不能不先开口：

"行李叫车子送来吗？"

"不是。"

他抬起疲倦已极的双眼，从他妻子的头开始，扫过孩子的手，到刚才我随便放在门房的包袱，画了一把长长的弯弓。

"都在这儿了。"

他讪讪地笑了一下。 包袱表面东凸一角，西凹一块，看来他的妻子扛来的行李是煮饭的工具。 如果他不是开玩笑，那么煮饭、洗衣、盖的、垫的几件家当就是所有搬家的行李。 再怎么转战于出租房，那样的家当也太过分了。 在我目瞪口呆之际，这个男子悄悄提起一脚在另一边裤脚上"沙沙"擦抹他的鞋尖，接着又换另一脚重复同样的动作。 低头看着擦掉了灰尘闪闪发光的皮鞋，他这才露出和自己的鞋尖一样亮灿灿的表情。 身上穿一件松垮垮的夏衫，肯定是清仓大拍卖时捡的便宜，锯齿形花纹、距节气尚早而已过了流行。 和那身衣服完全不相配的皮鞋却是全新货，服帖合脚的奢侈品。

"怎么想都跟当初约的不一样。"

妻在只有我们两人的时候，在我耳边咕哝。

"他不是说了原来住的房子出状况今天非得空出来嘛。 不一样也没办法。 反正房间空着，早来四天又怎么……"

"话不是那么说。"

"别担心，约好了几天之内都付清。 他们也是人，难道会只缴一半，吃了油酥饼抹抹嘴当没事人吗？"

"收定金的时候还看不出来，这人实在脸皮厚。二十万韩元比市场行情便宜得多。他们有眼睛有耳朵也清楚得很，竟然拿着十万韩元一句商量也没有就闯了来。越想越可恶。连那么基本的约定也不遵守的人，以后什么事干不出来？你既然这么说，剩下的房租你要负责。"

"什么话？连基本约定也不遵守的人正是你选的。"

"谁知道是个表里不一的人？他们打算神不知鬼不觉诈人，能拿他怎么办。等着瞧吧，还有一件事骗了我们，马上会拆穿的。"

"什么意思？"

"那个女人怀孕了。骗得了所有人可骗不了我。有五六个月了，说不定有六七个月。上次穿着韩服看不出来，今天一眼就明白了。"

"哼，知道得还真早呢！"

多年媳妇熬成婆。妻一晃眼已经有了房东作威作福精打细算的模样。妻不可能这么快就忘了我们从这个房子转战那个房子，缩着双腿过活的日子。可她的行事举动却像早已忘了个一干二净。至少表面看来如此。她养成了一个习惯，总叹"像做梦一样"，把不久前的过去推想成久远前的往事，而每说完一句话就咂着舌说："这是怎么买下的房子呀……"

说的也是。这是怎么买下的房子呀！要回答这个问题，妻恐怕比我更理直气壮。

搬到市政府后山的银行住宅小区之前，我们住在丹岱里市场附近。那是个河边小村，六十平方米的房子密密麻麻地连接在一起，仿佛捏紧了脖子令人透不过气来。房东自称是个韩医。无牌行医，从零零星星找上门的病人外貌来看，好像专治皮肤病。只贩卖疗效可疑的自制膏药，生活恐怕很困难。自称为韩医大夫的老金白天的任务几乎就是睡觉。太阳西斜的时候开始喝酒，超过宵禁时间是家常便饭。总是在天蒙蒙亮的时候发酒疯，闹得村子里鸡犬不宁。

我们搬进去那天他也喝得烂醉。他用那像生了锈的机器齿轮咬合不正发出的嗓音，和初次见面的我打了个招呼，便从胳肢窝挽着我的臂膀，绑架似的把我拖到他家里间的炕头上。依照妻的描述，她在门房听到，他几乎是以威胁恐吓的语气夸耀这房子是在一个星期内盖好的，直夸到深夜。妻又说她在院子汲水泵担心地踱步，听到他不知是呻吟还是嘶喊，兴奋地尖声叫道"请到教书先生夫妻住在我家门房，以后再没什么可担心的了"。最后说了一句"如果家里有人患了疥疮、粉刺、背疮、鹅口疮、颈部淋巴结核之类毛病的话，都交给我"，这才把我送回我坐立不安的妻子身旁。

这样，和房东老金的初会平安无事地度过了。 可是，这个占地面积六十平方米，建筑面积四十五平方米，老金自己一个人花了一个星期用水泥砖墙瓦片奇迹般完成的粗糙至极的房子，我们以保证金三万韩元，月租三千韩元租了一间门房，老金为什么便不再担心？ 这始终是个疑问。 我们花了相当时日才理解了那句话。

从第二天开始，老金在村里到处宣传租了自己家门房的不是别人而是教书先生夫妻（是啊，教书先生夫妻）。全城南市的房子不计其数，教师却不过几人，而其中之一在自己家租了房子。 每月发饷的日子，一到晚上他除了来收取我们应该支付的各项费用，还以立刻偿还为条件借走为数不少的钱。 不仅发饷日，在路上或家里只要碰了面就近乎巧取豪夺伸手周转一些钱。 更累的是妻。 老金如果向我借了钱，他的妻子一定来我们家向妻哭诉半天才回去，抱怨他是个连老婆内裙都拿去换钱喝酒的家伙，用什么方法能向他索讨？ 为什么这么爽快地把钱借给他？

起初听起来甜滋滋的"师母"，妻很快就开始觉得厌恶了。 只因为是"师母"，邻居女人和小鬼们让妻一刻也不得安宁。 丹岱里市场附近六十平方米住宅组成的村子中，我们俨然被视为异类。 都是托金氏大喇叭的福。为了确定教书先生家的晚餐有什么菜，女人们站在我家厨房门前久久不去；为了参观师母脸上擦些什么，不时对着房间探头探脑也不觉得不好意思；为了看教书先生的儿子吃什么点心，全身污垢的小鬼瞪着灯泡般亮晶晶的双眼，在我们屋里屋外转来转去，络绎不绝。 甚至洗个衣服也不放过。 妻在汲水泵边洗衣服的时候，村里的女人们便成群聚集，洗衣粉因理所当然的化学作用在水中冒出气泡，但她们却盯着看，仿佛那是什么神奇的魔术。

"我看我们还是得离开这里才行。"

有一天我补课结束很晚才回到家，妻一脸事态严重地跟我说。

"怎么？ 又发生什么事了？"

"倒不是有什么事。 可总觉得这村子里的人很可怕。 看他们的眼神好像一定会惹什么事。"

"你是说旧货商的老婆？"

"是啊，今天又跟踪我到市场。"

妻最担心的是住在胡同对面，一半帐篷一半土砖搭的窝棚里的旧货商老婆。 胡同里有什么吵嚷，悄悄推起吊窗往下看，肯定就是那女人正和谁大吵大闹。 不光是村里的人，有时候是和老公或才六岁的儿子。 对方不论是自己家人或村民，那女人嘴里狗啊猪的脏话不断，牙齿和指甲齐舞，拿起那许多像铡刀一样的旧货剪刀，每句话尾都咬牙切齿地加一句"剪掉你的 xx"。

旧货商的老婆到目前为止还没有直接危害过我们家人，只是用褓褓布巾把女儿摇摇晃晃地吊在屁股后，保持一定的距离闷不吭声盯着我们家人看。 可那也足以让妻威风大减。

一个星期天的午后，妻提着菜篮子去市场，却比预估时间提早了许多回家。 一只橡胶鞋丢在大门边，另一只乱扔在汲水泵旁，气喘吁吁地跑进门，大白天的把房门关得嘭嘭作响死死地锁起来。 菜篮子是空的。 妻一脸惨白，胸口透不过气：

"旧货商的老婆一直跟着我。"

妻在我耳边"呼呼"吐着热气。

"那又怎么样？"

我无可奈何地笑了。

"别笑人！看了生气！到市场，从家里到市场跟着我。 进了肉店正想着买猪肉还是买牛肉，觉得后面奇怪，猛然回头一看，嗬，那女人就站在那儿。 背着孩子，凹陷的眼睛死死盯着我。 我出门的时候明明看到她在胡同里面，不知道什么时候跟去了市场，一下子觉得毛骨悚然。"

"大概看到你的篮子她也想买猪肉或牛肉吧。就算是旧货商也没有只吃人家卖剩的爆米花的道理呀！"

"不是那个意思！你不知道我心跳得有多快。好像要把人吞了一样，那种眼神瞪得我实在没法买东西，所以就出来了。进了鱼店，那个女人又不声不响地跟来了，我吓得什么也不能买，加快脚步准备回家，正想着这下该不能跟了吧，回头一看，竟然保持一定距离继续跟在后头，我跑了起来，不能不跑呀！一边跑一边回头看，那女人也跑，背着小孩好像还跑得比我快。孩子吓得大哭大吵，她还是咬着牙追到门口来了。"

我悄悄站起推开吊窗伸出头往大门那边的胡同看去。旧货商的老婆屁股后吊着女儿站在胡同正中间，和我的视线接个正着。她不但不避开，反而迎着我这个不相识的男人的视线，显然打定主意我如果不让步她绝不罢休。我不由自主很快地缩回头关上了窗子。

"她到底要干什么？她在想什么？"妻逼着我问。

"大概是想和你交朋友吧。"我答道，"我猜她是想和教书先生的夫人走得近一些吧。"

我只能这么说。

"教书先生的老婆、夫人、师母，现在光听到这些称呼也倒胃口。我怎么会成了教书先生夫人这副德行！不管去哪儿，唉！"

该死的！这是什么好死赖活的鬼样子！在异乡讨生活，妻心中的隐疾有一阵子似乎风平浪静，有一阵子突然之间又复发了。其实那也是我的隐疾。妻对自己嫁给当老师的并不怎么得意，完全是因为女子高中"Edelweiss"①俱乐部的会员大部分都嫁给收入比老师高得多的男人。妻实在无法理解，为什么在学校时不论成绩容貌都比自己差一大截的丫头，好像彼此有什么阴谋似的都找到了家世好、学历好、工作好，样样合拍的配偶。因为不理解，所以也无法宽容。比起俸禄微薄所带来的不便和困难，会员们誓言永远不变到现在还一年举行两次聚会，那掺杂着同情的友谊，更定期地伤着她的自尊心。

我也如此。每次和年纪轻轻却已经飞黄腾达，或有强烈的征兆显示不远的将来即可平步青云或发财的同学见面，便心烦意乱难以忍受。自己充其量只能干到教育委员会督学或校长、副校长，为了那个目标得工作三四十年，怎能不觉得窝囊。对我而言，在这个从各方面来看

---

① 译者注：雪绒花。

都很不公平的世界上，最倒霉的职业就是教书这一行。

可是也有人认为教书先生非常了不起，把他们当作另类人物。想画个圆却画成了四方形，也不可能庆幸没画成三角形。在把我视为了不起人物的丹岱里村民面前，我从来没有大声哼过，当然，也从不想去摸摸他们的头表示好感。

从李巡警那儿听来的有关安东权氏的过去，我没有向妻透过任何口风。银卿和荣奇差了六岁，这六年间他们的父亲权基勇在哪儿，做了什么，我一句也不提。撇开对老权的好恶不谈，我都打算继续保持这个秘密。老权已是妻的标准以外的人，如果知道他有前科，她恐怕会当场晕厥。而且他还是因为破坏社会安宁与秩序坐了几年牢，现在仍是受警察监视的危险人物。如果妻知道的话，大概在一个屋檐下一天也过不了日子。

正如妻所说，权氏一家一开始就违反约定，房客基本上应该遵守的诸般义务他们真的总不履行。但又不能为了那些芝麻小事就立刻将他们赶出去。在犯了决定性的错误之前一时只能继续观察。

过不了多久，妻的猜测就渐渐露出了真相。老权的妻子终于向妻坦白她已怀孕六个月。妻不知不觉养成了早晚要去酱缸下的仓库里数一数堆放的煤炭球才满意的习

惯。 更糟的是为了孩子们的问题而起纠纷。 孩子们为什
么一点儿也不站在他们父母的立场着想呢！我们家小鬼东
俊也是如此。 在我们赁屋而居的时候，这小子总是打房
东的孩子，让我和妻抬不起头来。 可现在他总是挨老权
家姐弟的打，惹我们生气，也让老权夫妻尴尬为难。

　　东俊拿着一个巨大的气球在院子里跑来跑去，看来老
权的孩子想一起玩儿，黏在一旁大拍马屁。 大概怎么谄
媚也得不到回应，不知是揍了还是抓了东俊，把他给弄哭
了以后，回房间去蘑菇他们母亲。 这时妻心里已经气翻
了。 不一会儿，东俊气喘吁吁地跑进屋来要赖皮，突然
吵着要买跟荣奇一样的气球。 终于拉着妈妈的手到了院
子。 妻出去一会儿，满脸涨得通红回来，这回是猛地抓
着我的手把我拖到院子里去。 我看到了。 老权家的孩子
每人手里拿着好几个气球玩得正高兴。 不能怪房客家的
孩子爱玩儿，问题在那几个气球的真面目。 巨大而形状
古怪像根黄瓜一样的气球，我一眼就看出是用什么做的。
毫无疑问是保险套。 妻愤怒至极。 为了孩子的家庭教
育，事态已经严重到再也不能保持沉默。 虽是星期天，
幸好知道老权上班去了，我很放心地让妻去负责孩子的教
育。 实在憋得太久了，妻立刻跑去老权家，维持一个理
性成人应有的格调，很强烈地向他的妻子提出抗议。

结束凄惨艰苦的生活，买了城南市以高级住宅区闻名的市政府后山银行住宅，妻以占地面积三百余平方米的石板屋女主人的身份，对房客提出的条件其实并不算挑剔。第一，子女在两名以下。第二，在屋内随时保持肃静。只要遵守这两个条件，对其他如使用电热器，用大量清水洗涤毛毯等小事并没有刻薄的要求。粪水处理费和夜警巡查费等各种公共费用都公平分摊。子女不能超过两人，是因为妻跟着房屋中介的老头到处找房子时所听的忠告已在耳里生茧，铭刻在脑子里，她相信如果要当个有模有样的房东当然得坚持这个条件。为什么家里一定要保持肃静？她意识到丈夫认为自己挣不了钱的最大原因在于疏于学习，而怀抱必须终生学习之志，自称为书生。既然丈夫必须学习，所以便有了这样的规定。妻购置了梦想中的房子后，为了仍必须跟别人家一起住很是伤心。但那伤心其实包含许多能够行使房东权力的快乐。更明显的是住在六十平方米和住在三百平方米的人的差异。那是六十平方米的胸怀和三百平方米的胸怀之间的鸿沟。搬到市政府后山以后，妻只要有机会和人谈到家居何处，便很有力地言必称"我们住在银行住宅"，这已成了习惯。

　　一大早，老权坐在门房的廊台上擦皮鞋。如果只是像每个人那样用刷子刷刷灰尘，我可能也就视而不见。但五六双皮质、颜色和设计都不一样的皮鞋排在廊台上，他专心地又拂又擦又抹。

"这是要卖的吗？"

我打招呼时半开玩笑地和他搭讪。

"卖的？"

突然停下忙碌的手，他低头看着我的脚。不，是凝神怒视着我脚上的鞋。不一会儿，视线沿着我的裤脚、上衣前襟，慢腾腾地往上爬，终于和我的视线接触，射出冷冷的光。眼看他的脸就要涨得通红时，嘴角扯出了一丝冷笑。

"不知道您说那句话是根据什么……"

"对不起，看来这话冒犯您了。我没有别的意思……只是鞋子那么多双……只是觉得很多……"

老权紧抿着嘴显然不愿意再和我说话，我也堵住嘴说不出一句话来。他把整理好的鞋规规矩矩地摆在右手边，从左边拿起另一双鞋夹在膝盖之间，用一支旧牙刷像刷牙一样小心地清除鞋面和橡皮底之间缝隙里的泥块，完全剥夺了我道歉的机会。我把自己是值班教师必须早点儿出门的事儿忘得一干二净，在老权旁边呆站了好久。但多亏对老权的某种不安的心情，我这才有机会好好地观察他一番。 虽然一起住了几个月，但大家都生活紧张，搬家那天以后再没有正式见面的机会。

看来老权擦皮鞋的实力远在普通人之上。 使用的工具和专家相比毫不逊色，样样俱全。 膝盖上铺着一件旧内衣当作围裙保护那唯一的一套外出服免受污损。 泥土和灰尘都掸干净以后，给缠在手指上的纱布沾上鞋油，一边"呸呸"吐口水一边擦抹。 鞋子转一圈都抹上鞋油后用刷子轻轻刷到露出一点光泽，换一块丝绒布"嗖嗖"地擦磨，终于光可鉴人。 在我看来到那个程度已经很了不起了，老权却还不满足，继续重复着同样的动作。 大概那点事儿也非常耗力气，老权满头大汗，喘不过气来，还"呸呸"吐着口水。 那不是口水，他也不将鞋子当作鞋子，而是远超乎鞋子以上的东西；换句话说，不是人类胡乱套在脚上的物件，而是想将它转换为脸颊等部位的装饰品，一种匪夷所思的意志力下的产品，同时也是从着了魔似的心里涌出的黏稠的分泌物。 老权的手像纺纱锭子一样敏捷地左右移动，终于，鞋子像镀了金一般闪闪发亮，他的视线扫过我的脚移到我的脸上，展开灿烂的笑脸，眼里像他的鞋尖一样散发出绚烂的光芒。 其实他的五官中最值得称道的就是那双眼睛。 他看起来比实际年龄大得多，皮肤粗糙，胡子稀稀疏疏，皱纹很多，额头突出，颧骨高耸，两道浓眉，眉心非常狭窄，鼻子畸形难看像拳击手常见的那样鼻柱歪斜。他的嘴型足以和我们学校的"刀削面"老师匹敌（他嘴唇粗厚，切下来可装满一碗，所以学生给他取了这样的外号）。唯有眼睛可以补救他的面相。大得适中，眼神澄澈细致，找不到一丝邪恶粗暴之气。

李巡警又来了。说是路过顺便来看看，但他近似责备的口气立刻显出所言不实。

"那可不行，要不得。"

"就算打个电话也总得有什么可报告的才打呀！"

"不是报告是请您帮忙。算了算了。您说没有可帮的？"

"一点儿也没有！"

"您看看！吴老师，老权五天前辞职了您也没什么可帮忙的吗？"

"辞职？那么他又失业了？"

"辞了出版社的工作不干了。和上次的情况有点儿不一样。他编辑的时候不顺着作者的要求，反而指责作者，总想指导作者怎么怎么的。老板传了他去，在众人面前叫他检点言行，问他'你是作者吗？你是什么东西敢在那么有名的作家面前顶嘴？'结果第二天他就不去上班了。"

"今天早上好像还跟平常一样上班去了呢……昨天也是……"

"所以我不是请您仔细观察吗？"

"李巡警'秀才不出门，能知天下事'，哪有什么需要我帮忙的？"

我说完，有大学学历的李巡警微微一笑。

"老权终于失业了这一点很重要。从现在开始吴老师担当的角色大概会越来越清楚了。在老权找到别的工作之前，我和吴老师都不能放心。"

我已经疲于坚持我没有应该监视或保护老权的理由。因为李巡警比谁都清楚如果我有罪就罪在房子租错了人。东说西说话题又回到老权身上。

"当时老权是主谋策划吗？"

"那是我当警官以前的事，不太清楚。不过说他带头行动倒是确实的。保留了非常完整的记录。翻倒警车，放火，丢石头，抢了公共汽车在市区横冲直撞，照片里老权总是打先锋。"

"真难相信。一个棉被包袱都背不好的人会在那么壮观的事件里当先锋！"

"不过，您只要相信他一旦失业就会把挨饿当家常便饭。"

"有能力吃饱却不吃饭的人，大概不吃饭也不觉得饿吧。"

"吴老师，说话别那么硬邦邦的。 上回我不是说了吗？ 您以后肯定会敬爱他的。"

李巡警像全然不知敬爱一个人有多困难多疲惫，很有自信地笑着离开了。 好像认为"爱"，尤其是邻居之爱就像从口袋里掏一个铜板那么容易。 我也曾有好长一段时间在独处时似乎听到沉重的呼唤在空中回响： 爱你的邻居，爱丹岱里的人们，爱六十平方米住宅村的村民……

我决定离开丹岱里是在那次事件以后。 是的，那是个对我打击相当大的事件。

那天我走在下班回家的路上。 我到了家附近，看到一群孩子在河边玩耍，东俊也夹在那群吵声喧天的小鬼中。 我好奇这小子什么时候长大了竟能跟邻居交上朋友，站在远处赞赏地看着。 我家孩子脸特别白。 或许是因为别的孩子黑得厉害吧。 其中旧货商的孩子更活像是刚从烟囱里爬出来的。 东俊不知向他喊了声什么，那黑黑的孩子两手撑在地上像青蛙一样轻快地跳了起来。 东俊丢了个东西在他面前。 仔细一看，东俊胸前好像抱着一个饼干盒子。 旧货商的儿子用嘴巴咬起掉在地上的饼干连泥土也不掸就"喀哧喀哧"地吃掉了。吃完，他露出一嘴白牙笑笑，摆出蹲在起跑器上的姿势。东俊又大喊一声，小黑人这回一只手臂撑在地上，另一只手臂从下边绕过去抓住鼻子，很起劲儿地原地转起圈子来。可转不了五六圈就"砰"地倒在地上。站起来转几圈又摔倒。反复了几次以后大概终于按照指示的次数转完了。不知道转了几圈，他晕头转向站也站不起来。东俊拿起饼干吐了一口口水丢在地上。他似乎怂恿着其他围观的孩子以同样的方式参与游戏，越来越苛刻的要求让孩子们望而却步，只能瞪着眼吞口水。东俊举起拿着饼干的右手，朝河那边用力地甩出去，旧货商的儿子一点儿也不迟疑顺着石块一骨碌往堤防下跑去。我早已清楚那条小河的来历，那是运载工厂排出的废水和家家户户丢弃的废物流向炭川的巨大下水道。

在我悄悄观看之前，游戏不知已进行了多久。那是我所见到的全部。我从东俊手里夺过饼干盒子丢到河里，狠狠甩了他几个巴掌。当时心里虽然很想将旧货商的儿子痛打一顿，但挥起的拳头只向我家小鬼打去。打了半天突然想起什么，回头一看，旧货商的儿子正慌慌张张顺着污黑的河水追赶饼干盒子。

向妻大喊不管用什么办法也要离开那该死的丹岱里的

晚上，我辗转一夜不能入眠。香烟一支接着一支，翻来覆去，我想的是查尔斯·兰姆和查尔斯·狄更斯，这两个活在和我没有任何关系的土地且时代久远的人，轮番强迫我不得安眠。

除了同名以外，这俩人还以具有许多共同点闻名。首先是坎坷的幼年经历，其次是他们都通过文学作品倾注对贫民窟的同情和怜悯。可是正如他们的姓氏相异，在现实生活中他们的性格也迥然不同。兰姆终生未婚照顾因精神分裂症杀了亲生母亲的姐姐，过着作品世界与现实世界一致的生活。反之，自幼年起便在鞋油工厂做工、自学而成长的狄更斯后来却摆脱了命运的纠缠过着富裕的生活，经常用拐杖驱逐贫民窟里乞讨几分零钱的幼童。如果兰姆是对的，则狄更斯就是错的；如果狄更斯是对的，那么兰姆就是错的。可能的话我愿意站在兰姆那一边。但，我无法理直气壮地踹狄更斯屁股一脚。

不仅我，我的朋友也是如此。可以瞧不起富家子，但绝对不可蔑视穷人。我们认为那是当然的道理。朋友称我是"人道主义者"，绝不是挖苦，也不会伤害到我们的友谊。我们为政府的各种福利制度不能平均分配到社会的底层觉得遗憾。在路上，在茶馆，或在报上，看到那些人生已山穷水尽的报道时，我们臭骂不择手段聚集财富眼里只有钱的"财阀",想借此抵消贫苦大众的困境。从心底体谅他们的困难才是受过高等教育的我们的义务和课题。

但那永远不过是个理论。我不得不承认是在欺骗自己。我们的愤怒顶多是由报纸或电视发端,而在茶馆或酒店的桌前耸耸肩告终。我是如此,我的朋友亦如是。在口袋里准备几个口香糖以摆脱卖口香糖的孩子;一竿子打翻一船人,断定穿着学生服卖圆珠笔或报纸的孩子都是假的工读生。我们喝着烧酒梦想有一天能喝上洋酒,丢下可买数十包口香糖的钱当小费;搭着公共汽车期待和人共乘出租车,坐在出租车上又期待哪天开上自己的轿车。狄更斯的理智非常顽强,背叛了兰姆的感情。横跨在我们的眼睛和耳朵,嘴巴和手脚之间巨大的乖离,是我们无法解决的。结果,那天我反而整晚踹着兰姆的屁股睡不着觉。

李巡警第二次来我家的那晚,门房那边三岁小儿耍赖的声音没完没了。很是奇怪,以前从没有这样的事。大概荣奇不断惊醒,尿床挨了骂。他的哭声达到最高点之前一直没人管,连我家里间也听得一清二楚,这时老权带威胁的声音立刻顺着天花板传到我的耳里。越是那样,荣奇的哭声中越是隐藏着不像三岁小孩该有的报仇似的意念，匕首般在空中飞舞。 我们家人终于全部被惊醒。 妻睡意蒙眬地嘀咕"屋顶都快掀翻了，也不哄哄"。 真的，没听老权的妻子说一句话。 自他们搬来到现在，从没听过她发出"哎呀"之类的声音。

"我走好了，爸爸走得远远的好了！"

听到老权近乎号叫的悲痛的声音。 大概那句话对小孩儿也有惊人的效果，凄厉的哭声突然停止，可是仍听到孩子像要努力咽下像晒衣绳般拉得长长的呜咽，呛得喘不过气来。

早晨，又看到老权擦皮鞋。 比其他日子擦得更加专注热诚。

"昨晚真对不起。"

老权对着我穿着拖鞋的脚郑重地道歉。 奇怪。 老权突如其来的道歉，与上次态度大异，不知怎的好像是在问我"昨晚我的本事怎么样"，听起来非常不情愿。

在学校实施家庭访问周的第二天，我让学生带路去访问住在"星星的国度"小村的家长们。 经过一所学校的建筑工地附近。 围着水泥建筑，横竖纠结编排的鹰架高耸在头上。 背水泥砖块的壮汉顺着摇摇晃晃的木板搭桥上上下下。 大家都卷起裤管，脱光上衣，看来颇有硬铮铮男子汉的美感。 其中唯有一人吸引了我的视线。 他就像夹在大水缸中的一个酱油碟子那么矮小。 颤抖的双腿好不容易才能往前迈一步。 做那耗体力的粗工却穿着衬衫西裤。 我靠近鹰架底部再三细看他的脸以后大声喊道：

"权先生，那不是权先生吗？"

那一瞬间，一块砖头朝着我的脑袋以惊人的速度掉了下来，幸好我闪得快没有受伤。 老权很快地从搭桥上下来站在我旁边。 真的是他。 他脸上石膏般凝固的惊愕让我相信他不是想杀了我。 他全身沾满了汗液和灰尘，因为靠得近，我看清楚了他罩在米黄色衬衫外的春秋两用海军哔叽呢夹克上都是工作时造成的污损和皱纹，乱七八糟惨不忍睹。 只有漆皮皮鞋依然散发着费了许多功夫磨出的巧克力色光泽，孤独地捍卫着老权之所以为老权的气概。

"您怎么知道我在这儿？"

他的口气好像我是为了追查他的行踪故意找了来似的。

"家庭访问途中偶然……"

他用充满猜疑的眼神轮番盯着我和学生瞧。 即使已经掌握了证据，他的疑心看来也不容易消解，我便赶紧离开了工地。

夜很深了老权才回家。 他没有进门房去而是直接到了我家里间，将一瓶约有四百毫升的烧酒用力往地上一垛。 他已经醉得厉害。

"不管你想什么，我就是安东权氏。"

疲倦已极加上酒精作祟，他的身体已经动弹不得，嗓音却仍然清晰响亮。

"我当然相信您很清楚，提到安东权氏，到哪儿也没有人敢瞧不起。 吴先生祖籍是海州吗？"

就像他总是要确定我的鞋比他的鞋破旧肮脏而且只有一双，这回他似乎是要在姓氏出身上作一番较量，看看谁高谁低。 我只是笑笑。 虽然笑着，但我努力让表情看起来和善，希望能正确地传达到他因烂醉而混乱的脑髓深处。

"权先生好像醉得厉害，以后再聊，现在先休息吧。"

我向两手插在胸前一脸怒气站在客厅的妻直眨眼，用行动强调劝老权好好休息完全是出于善意。 老权断然拒绝了我的善意。 他勉强抬起一半的屁股又"砰"地坐下去，一口气用牙齿咬掉了酒瓶盖。

"不愿意和有前科的人交朋友吧？ 哼，别想跑，今天我非把想说的都说完才走。"

"你说前科？"

妻眼睛瞪得有嘴那么大，几乎失去理性立刻奔了进来，声音高得分不清是吃惊还是高兴。但从下一句话就可以知道绝不是高兴的语气：

"这是什么世界，什么世界！刚才你说前科吧？现在你们俩说的是谁？老天爷，老天爷！"

"吴太太不知道吗？吴先生没告诉您？就是在下。怎么？我的眼神看起来哪儿有点奇怪吗？像吴太太说的，前科犯跟人——是啊，是人啊——跟人坐得这么近觉得很新鲜吗？"

和奔进来时一样的声势，妻很快地往后退了几步。在睁大眼抬头看着自己的老权面前，妻虽仍铁青着脸但显得恭顺多了。一副老权叫她坐就乖乖坐下，叫她听就乖乖听的脸色。

"我这个人连折断蚊子小腿的力气也没有。用不着害怕。两位放宽心听我说。要不了多少时间。"

原本我仍想找个适当的时机将老权哄回门房去。但当他承认自己连折断蚊子脚的力气也没有时，我改变了想法。听听他的话，也许可以了解一个拿蚊子脚也没办法的家伙却敢干下破坏社会秩序安宁不可思议之事的内幕。

"好像是弗洛伊德的话。"

他拿起烧酒瓶"咕嘟咕嘟"往嘴里灌。

"圣人和恶人只隔一张纸。 恶人用行动表现欲望，圣人则用梦取而代之。"

他又举起了瓶子。 我夺下他的瓶子，让妻去准备一些简单的下酒菜。

"我没有为了掩饰自己的立场而诋毁圣人的意思。但我的确从弗洛伊德那里得到了很大的安慰。 他好像知道我会成为前科犯早早准备了那句安慰人的话。"

摆着酒菜的小几端来了。 只是晚餐吃剩的猪肉熬汤和几盘每餐必备的小菜。 我们彼此敬了酒后，他打开了话匣子：

"像掉进水缸的老鼠全身淋得湿透的那个星期二之前，我是比吴先生更安分善良的老百姓。 当然我老婆也像吴太太一样温柔善良。 即使有什么不满或委屈顶多在梦里疏解一下，根本不知道怎么用行动表示。"

我让妻再去买酒来。 越喝酒他的脸色就越苍白，也越能说善道。 酒显然让他成了多话的人。 他又说：

"所有的事都错了谱。 像我这样的人来到这世上，这本身就不应该。 患了伤寒、腹膜炎等等大病，原本可以死掉却没死，费大劲儿活下来，还携家带眷的，这也错了谱。 在广州区买房子也错了谱。 各种事情没有一件是合谱儿的。"

"跻身人间乐园"的传闻在一无所有的人之间以强烈的说服力散播开来。倒不一定相信那些传言，他反而从一开始就认为所谓乐园并没什么特别。只是被趁这机会可以拥有房子的诱惑捏紧了脖子，而不承认"过度评估广州区可纳入首尔大都会区"的错误判断。结果他筹到了二十万韩元，就当时情况而言属于"巨款"，经中介公司老头的介绍取得本来拆迁户才能拥有的购地权利。

"生平第一遭拥有了六十平方米的土地。我太满意我占有的那六十平方米了，每天早晚一方一寸几乎是爱抚式地又摸又踩。其实我忘了那本来是比我更不幸的拆迁居民应该有的六十平方米土地会落在我的手中，很可能是一种敲诈。当时全世界对我而言就是六十平方米大小了。"

好不容易拥有了土地，没有盖房子以遮风避雨的余钱，就让地荒废在那儿。又好不容易找到了一个旧帐篷勉强支撑了几个月。那是选举期间，候选人在人间乐园的建设蓝图上各自画上一笔一笔的战术。到处举行豪华的开工典礼，建筑业景象一片兴旺。一向生活于社会底层的人也仿佛天堂在眼前成了现实。选举之风越刮越盛，地价炒得火热，人工费用踩着小碎步快跑前进，房地产投机业者则大发利市。 在他想来，这一切活动都和自己没有任何关系。 直到选举过后，才坐在灯泡下像挨了一记响雷般头昏目眩地知道了那种想法犯了多大的错误。

"国会议员选举结束的第二天——如果是两天以后我也无话可说——竟然是昨天刚结束今天就送来了。"

送来了一张通知。 上面写着到六月十日为止转卖所得的土地上如果没有盖房子则取消买卖。 十五天后就是六月十日，意思是叫人在半个月内把房子盖好。 因为自己不是社会底层的贫民；因为自己维持生计的根据地还在首尔，一直持着广州区里喧闹的活动和自己无关的态度，这时才不得不火烧屁股奔忙起来。 首先连续几天无故缺勤出版社的工作，急得碰上人就借钱。 有多少钱就买多少水泥、砖头、木板，和老婆一起一层层堆起了墙壁。两人对于建筑一丁点儿的知识也没有，只是靠着本能，估计着"这么堆上去至少不会倒下来吧"，勇往直前干起了"盖房子"的大事。 当局并没要求合乎所谓"人间乐园"口号的房子，这一点真是既庆幸又感激。 材料用完了便中断工作，又到处近乎乞讨式地借钱买回材料。 几次以后，竟然立起了墙壁，搭上了屋顶。 还不到半个月呢！不管是牛棚还是住宅，总之如他自己所愿，也是按当局的要求终于完成了。

"对下令赶紧盖房子的有关单位反而该道声谢，我们有一个多月好像住进了什么高台广厦似的飘飘若仙。 那一个月我老婆总是抱着银卿又亲又搂。"

总算喘了一口气的时候，又来了一个通知。 转卖住户以分售前土地每平方米八千至一万六千韩元计算，七月底一次付清才可获得所有权。 通知尾端还有但书：如在期限之内未付清则解除合约，并依法处六个月以下有期徒刑，或三十万韩元以下罚款。

"这次期限也是半个月。 还真喜欢'半个月'，动不动就是半个月。"

雪上加霜，京畿道政府发来了土地所有权课税通知。不同管辖和从属的首尔市与京畿道各行其是，把老百姓摆弄得半死不活。 于是一个史无前例叫"广州区土地买卖价格修正对策委员会"的团体成立了。 对策委员会很快就改名为斗争委员会。 他以肚子里颇有点墨水为人所知，所以同在一条船上的转卖住户选他担任对策委员及后来的斗争委员。

"如果那也可以算是顶乌纱帽的话，对我而言完全是越了分寸的帽子。"

那不是谦虚话。 他不仅没有担当那种工作的能力，因为认为自己永远是首尔人而不是广州区的人，也根本不

想担任那个职务。 所以三天两头召开的会议他一次也没
参加过。 完全看不到一点儿解决问题的头绪，在剑拔弩
张中过了七月底的期限到了八月十日。 斗争委员会下的
最后通牒的日期就在那天。

　　空气中嗅得到凶险之气。 那凶险的气息足以引来一
场低气压。 下雨了。 一大早，街上便散发着传单，张贴
了大字报，分发在约定时间一齐挂在胸前的黄色蝴蝶结。
他在房里一动也不动，因外边展开的行动纠紧了神经。
周遭的氛围让人预感一定会发生什么事。 怕的就是那
个。 不管发生什么事，最好别发生在自己身上。 忽晴忽
雨。 过了十一点。 约好十一点和委员会代表面谈的人没
有露面，人们放弃了等待。 "大家都到路上来吧!"一个
喊声在胡同里回荡。 又喊"不要空手，不管什么都可以
顺手带出来"! 不知谁乱打窗子好像连窗板都要敲了
下来。

　　"权先生! 权先生! 在家吗?"

　　心"咯噔"一下沉了下去。 他让老婆去撒个谎说他
已经去上班。 摆脱了那个不认识的男人以后，他才想到
今天不是星期二吗? 又不是星期天，为什么不去上班到
现在还在家里晃荡? 他吓了一大跳，那是一种依赖心理
呀! 他成了不愿投入跟自己关系紧密的事情，却期待着靠

别人的力量而成功的机会主义者。 那是一种觉悟同时也是一种耻辱。 他一骨碌站起来跑出去。 看到路上挤满了手里拿着棒子或各种器具，朝着市政府分署边呼口号边奔跑的人群。 和他们照面时，他就像小偷似的赶紧避到岔路上去。 在自觉有愧于良心之后，虽然脚步也想向他们跨去，眼睛却顽强地四处寻找开往首尔的公共汽车。 可那只是白费力气。 联系外界的交通工具已经完全断绝。而在那短暂的时间里全身已被淋个湿透。 狂风将雨打成斜线，下个不停，路上的人都像浸在了水里。 他放弃拦车的念头，只在人迹稀少的胡同里穿行。 一边想着这些一辈子也没走过的陌生小道或许能通向首尔，一边漫无目标地走着，竟碰到了和自己处境相似的同志。 是辆为了避开拿着棍子石头的群众在胡同里钻行的出租汽车。 他赶紧抱着必死的决心往胡同当中一站把车挡了下来。 车费再高也行。 车里已坐着的三个人看来是朋友。 出租车到了必须通过的广州区关口时碰上了道检。 一群武装着原始武器的年轻人，杀气腾腾不分情由地命令他们下车。

"哟，斗争委员大人坐着车呢。 一个人冲到首尔去斗争恐怕负担太重了。 快请下车吧。"

一个年轻人走到车前哈着腰亲切地说。 那年轻人竟然认识他，老权却完全不记得年轻人是谁。 他支吾了一会儿，旁边另一个年轻人制止了他们的谈话拿起棍子一挥，当场把车窗砸个稀烂。

"狗娘养的，你们的命才算命呀？"

"别人饿了几顿在拼命，你们倒坐着出租车。 真是好狗命。"

"饿肚子大家一起饿，有饭大家一起吃！要死一起死，要活一起活！"

木板和自行车铁链举在鼻子前，年轻人已经嘶哑的嗓音更加昂扬。 当然，车里的乘客在车窗被打碎的那一瞬间就跳了出来，几乎已吓掉了半条命。

"权先生，请走这边好吗？"

第一个摆出认识他的样子的年轻人向他耳语。 他最感到恐惧的不是棍棒，是亲切。 年轻人用笑束缚了他，很轻松地将他带到路边的杂草堆里，在那儿对他开始了长篇大论。 每句话都加上一句前提"当然您也知道……"他说破了嘴皮，将现在还吃喝玩乐高枕无忧的首尔市少数阶层的生活和广州区里的悲惨生活作一番对比，可以想见他是要让老权沉睡中的社会良知像新世界的儿童一样一振而起。 但老权一句话也没听入耳，只想着人类有多么狠毒，才能在这种局势之下还那样亲切地待人？ 大概判断自己说教的内容已为对方接受，年轻人拉着老权爬上陡斜的山脊抄近路进入了广州区的中心。

"就在那附近。"

老权指向我们房间吊窗的方向。 但遗憾的是坐在我家里间的炕头，很难估计他指的地方是哪里。 看出我们夫妻乏味无聊的表情没有一点儿切肤之感，他猛地一下跳起，一转眼跑向外面木廊台去。 我为了拦他跟着跑出去。 老权家人不知什么时候全都站在木廊台尾端的玄关附近，瞪大眼看着我们一个一个奔出来。 孩子们看到爸爸一起放声大哭。 老权妻子的站姿看上去好像是承担不起大肚子的重量，立刻要把挺起的大肚子放到廊台上一样，只是瞅着像根红萝卜的丈夫。

"没什么好哭的，你们老爸还没死。"

颇意识到身为一家之长的体统，他压低嗓音说罢，继续伴着孩子们的哭声到了院子。 他虽然口齿还很清晰脚步却踉踉跄跄，大概他维持平衡的意志只能到舌头为止吧。

"差不多就在那儿。"

他用比在房里有自信得多的声音再次说明。 距山脚稍远处洒在街头的灯光在他的指尖跳动。 孩子们虽然已经明白大人不是吵架，开了闸的哭声却一点也不见减低。

"'您看那儿！'年轻人突然大声喊。 其实他不说我也正看着呢。 人们在雨中和警察决战，用石头对抗催泪弹。 年轻人好像认为那是自己随意绘的一幅图画，显得得意扬扬。 说实话，被雨淋湿的人和同样湿透的人为敌斗争的景象并不令我感动。 我担心的是别的。 这个小伙子把我拉到这里想拿我怎么样？ 可是在正观察的当儿情况起了一百八十度大转变。 一辆三轮车不知怎么走错了路陷在那斗争的漩涡中。 为了找出脱离示威群众的路，车头横冲直撞，一下子翻了个四脚朝天。 黄澄澄熟透的甜瓜倒了出来在路上乱滚。 和警察对阵的群众停下扔石头的动作向着甜瓜蜂拥而上。 一眨眼就把一车甜瓜抢个精光，连掉在泥水中的也捡起来'喀哧喀哧'咬得香甜。狼吞虎咽的模样绝不美观，只是在斗争中还争先恐后地抢东西吃，那行为背后存在的某种因素让人毛骨悚然。'这真是一幅人性的裸体画'，这种感觉头一回狠狠地撞击我的心。 确定了那赤裸裸的人性后，一直主张那些人非我族类的证据突然变得浑浊不清。 我精神清明还能意识到自己的存在就到那时为止。"

看来他的故事不再继续，我这才有机会开口：

"可以问问权先生那以后发生什么事了吗？"

"问都问了还说什么客套话？ 三天后，刑事警察来出版社给我戴上了手铐。 看了警察提供的证据照片我吓了一跳。 照片里我拿着汽油罐子爬到公共汽车顶上，还有拿着木板挥舞的。 那明明是我的脸，可我一点儿也不记得。"

到此他的故事我差不多都听明白了。 也大致推断出来他冷不防提瓶烧酒来，将自己到现在一直三缄其口的故事铺陈得那么长的原因。 但是我仍有些纳闷和没来由的负担感。 趁此机会如果能解开那些谜我相信对彼此都是件好事。

"我和李巡警见面的事儿您早就知道了吗？"

他无声地笑了笑：

"正确地说是李巡警来见您吧！人本来如果某方面有障碍，另一方面就会非常敏锐。 拿我来说，那是我的第六感。"

"您不会认为我向李巡警告密吧？ 虽然李巡警说那是'合作'……"

他又不出声笑了笑：

"刚才不是说了吗？ 依情况不同人有时候自己完全不想干的事却有可能不知不觉地干出来。 吴先生恐怕也不能例外。 到现在为止虽然还没有告过密，不保证以后也不会'合作'。"

那晚睡觉前，妻在我耳边咕哝：

"老权那人可不能小看，还以为他憨厚老实，其实可不是普通人。"

"'叫坐就坐，叫站就站'，这下他可让你动弹不得了!"

"唉，真窝囊!"

关了灯妻又细声嘀咕：

"你也看到了吧——不是今天的事——荣奇妈妈的肚子特别大。 会不会是双胞胎，这可不全是他们家的事儿。 才八个月的肚子怎么像足月那么大，唉……"

"不至于请你帮她生，别操心。"

那晚我梦到轮番踢狄更斯和兰姆的屁股。 又梦到我踢老权的屁股，老权踢我的屁股。

妻突然对老权一家关心起来。 更正确地说，是关心老权妻子那好像马上就会掉下来的大肚子。 听她的口气，两家男人白天不在的时候她们偶尔也有接触。 "连预产期也不知道。"妻嘻嘻地觉得好笑。 骂老权妻子孕妇怎么能不知道预产期，她却说"那码子事知道又如何，不知道又如何，反正时候到了开始阵痛就生下来，过程都一样"。 一副天下太平的样子。

老权仍没找到工作。 没有固定的职业，一到早晨却总是穿上西装出门去。 没有一技之长，也不是有蛮力的人，可看来还继续在建筑工地一类的地方干些重活。

"东俊呀—— 一起玩儿——！"老权的两个孩子一边一唱一和，尾音拉得长长地呼叫，一边顺利进到我家里间，吃饭时间到了也赖着不回门房去。 类似的事情渐渐多了起来。 这是门房里一家境况不寻常的迹象。 可是老权或他妻子从不向我们请求帮助，只是不声不响把我们逼上最坏的临界点，让我们看着他们那模样如果还不生助人之心就不能算人。 当初李巡警对我们的期待成了现实，我们像圣诞老人一样悄悄把米、炭送去门房的厨房，晚上妻便又气又觉得冤枉，饭都没法好好儿吃。 想到孕妇和不懂事的孩子，那点儿善心实在微不足道，可是想到自己善心中的一部分要分给一个连妻小都不能尽照顾之责的男人，就恨得睡不着觉。 跟我叽咕老权不是普通人还只是前两天的事儿，现在已经忘得一干二净，妻每天唉声叹气说挑错了房客。

老权的工作依然不如意，可一转眼他妻子生产的日子到了。 阵痛似乎已有相当时间，据妻所言大约是在午饭时开始的。 下班回家吃晚饭的时候听到门房传来奇怪的声音。 起初很像着了风寒哼哼地呻吟，然后突然像深深挨了一刀发出凄厉的呼喊，之后立刻安静下来。 就这么不断地反复。 那是房子租出去以后第一次听到老权妻子的声音。

"你去劝劝老权。 我说了三四次，什么男人嘛，只是笑笑，好像一点儿也不担心。"

妻指的是医院。

"不是老权拒绝，是钱拒绝。"

妻一直骂他们完全没有提早准备生产所需的物品，又不禁替他们担忧。

"有泰山那么高的肚子，这是什么时代了，孕妇要一个人在家里生孩子！恐怕一定得出什么事儿。 都足月了却一块尿布也不准备的女人，请助产士的钱也没准备的男人，这两个人怎么这么合拍！"

赶紧吃了饭我把老权叫到院子，就像妻说的，他立刻笑嘻嘻地叫我什么也别担心，倒像是真心诚意安慰陷在困境中的我一样。

"生老二的时候我老婆也是一个人轻轻松松就处理好了。"

"我们担心的不是你们家，是为了我们自己。 当然，应该没问题，可是万一出了什么差错，我会痛恨你的。"

那家伙好像过分油腔滑调，我撂下一句狠话便进屋去了。 委婉地暗示他如果真有困难可以借他生产所需费用，可那家伙竟拒绝到底。 像这种乡下地方的医院花不了多少钱，我料定他连借点钱以后偿还那小小的劳烦也害怕，而宁愿选择赌上两条命。

可是，同样的情况持续到了午夜，突然有了变化。就经产妇而言阵痛时间太长且太痛苦，老权大概害怕了，宵禁时间还没过就打算背着老婆走下山坡去，起了一阵骚动。 看着老权夫妻像鼓槌背着大鼓般走出我家门房，觉得总算了了一桩心事。 我吩咐妻准备好裙带菜一有消息就去医院看看，便去上班了。

下午上课钟响后不久，大出意料之外，老权到学校来找我。 刚好我没有课在教务处和同事们闲聊，接到警卫的通知立刻便到校门口去。

"您那么忙，真不好意思。"

老权努力挤出笑容，不知怎的有从未见过的害羞腼腆。 我往好处想，将那害羞解释为是因做了第三个孩子的爸爸，抛开了接到通知时不祥的预感。

"顺利吗？"

"虽然晚，还好听了吴先生的话，坚持留在家里差点闯祸。 不知道是男是女，要吓吓这个没出息的老爸硬是磨人。"

老权羞涩地笑着，脚尖在地上不知是写字还是画图涂抹个不停。 从灰尘飞扬的山坡走上来，可他的皮鞋亮得令人吃惊。 一定是在等我的时候用裤管后沿擦干净的。

"借我大约十万韩元！"

他的羞涩突然一扫而空，他抬起充满挑衅的脸对着我大吼。 好像只是借根烟一样，他说的话听起来荒谬极了。 我有点儿摸不着头脑，他气势凶狠地又补充道：

"医生说得动手术。 照了 X 光片一点儿问题也没有。 一切正常，骨盆也够宽。 羊水没破，也不是前置胎盘，更不是双胞胎。 这么正常的情况下过了二十四小时肚子还在上方的话，只有一个情况就是胎儿转动的时候脐带缠在脖子上了。 他妈的！脐带缠在脖子上啊！不快点儿处理母亲胎儿都有危险。"

从他嘴里吐出"他妈的"听来非常别扭。 除了那句不像老权的话以外，他说得非常认真。 不，或许是因为他第一次说粗话，在我耳里反而显得更加真诚。 我犹豫了好一会儿。 相应于他的真诚，也许我要说些"唉，真遗憾！"或"那怎么办？"之类的话来表露我的同情而拿出钱来，但说实话，"大约十万韩元"对我而言是个相当大的负担。 买房子的时候向学校借的钱还还不了一半。如果是正常分娩费用一两万韩元还行，纯粹为了帮老权的忙，但欠下大约十万韩元的"巨款"非同小可。 不仅如此，妻掌握家中经济大权，我可没有未得到妻的同意就随心所欲闯大祸的自由。

　　"如果您肯借我，不管干什么，真的，不管干什么我一定还给您。"

　　他强调一定偿还，表情严肃，仿佛将手放在了圣经上发誓。我差点儿忘了，幸好他适时提醒了我。只顾着借钱给他有困难，差点儿忘了以后讨债会更困难。对呀，一个连三餐都顾不了的家伙，打零工或者偶尔得到一个出版社稿费低廉的翻译工作，哪年哪月才能把钱还清？避免因责任感而产生的同情心才是上策。既然要避开，就要冷酷地让他说不出第二句话。

　　"是什么医院？"

　　"元妇产科。"

　　"现在我也没有现款。我马上打个电话给院长告诉他我给你当保证人，权先生再去求一次情。医生也是人，哪能看着人等死？如果再没有别的地方可以张罗，试试这个方法吧！"

　　我回答得太慢，他大概已经看出了端倪，挑衅的神色悄悄收敛起来，害羞又回到他极度善良的眼里，他摇着头说：

　　"把希望放在院长身上，期待他是个傻瓜已经太晚了。 他在让我们住院的那一瞬间就已经知道要收到手术费用不太容易了。"

他不擦拭脸上流下的汗水，却提起右脚在左边裤管后搓了两下，又换脚重复同样的动作。

"您那么忙，真是太对不起了。"

和"刀削面"一样厚厚的嘴唇如小睡初醒的婴孩蜷缩着，嗫嚅了半天总算打了个招呼。 他好像还要说什么，却一个转身摇摇晃晃迈开了步子。 我可能下意识防备着从他嘴里吐出黏嗒嗒的浓痰——例如，"吴先生太过分了"，"你一个人吃好睡好吧"——之类的话飞来粘在我的额上，所以当他转过来抬头直直盯着我时，我着实吓了一跳。

"吴先生，不管你怎么想，我也是大学毕业的人。"

仅此而已。 像把红包偷偷塞在我口袋里的家长，他害羞地说完那句话便走下山坡去。 摇摇摆摆迈开那本来个子小得不可能摇晃的身躯，映在我眼里的每一步都像在诅咒天诅咒地。 拐过山脚，身影消失在光秃秃的黄土坡那边的一刹那，我有一股跑过去叫住他的冲动。 像目击停下扔石头的行动冲向翻倒的三轮车，贪婪地啃吃甜瓜的群众时的老权，我猛地觉得这完全是赤裸裸的人性，而且突然醒悟到我欠了他一笔债。 租屋保证金如果也算是一种债务的话，那么我欠了他。 不知道为什么没有早些想到这一点。

在元妇产科，所有的手术所需都已准备好，只等手术费用送达。 在学校半逼半骗预支了工资，又掏空几位亲近老师的口袋，勉强凑足了十万。 一交到戴金边古奇眼镜的院长手里，他立刻让护士请麻醉师来。 当他知道我和老权没有任何亲戚关系只是房东时，"啧啧"咂起了舌头。

"原来当爸爸的方法也有各种等级呀！叫他准备保证金，早上出去到现在还没露过脸，这是搞什么？"

"对，就像大夫把胎儿掏出来的方法也有很多等级，大概当爸爸也一样。"

我切切希望他千万别把我的话当玩笑，遗憾的是，戴着金边眼镜的大夫哈哈大笑一阵就打发过去了。 老权妻子面无血色，令人不禁猜想她是不是已经断气。 我帮着把躺在担架上的产妇送进手术室。

从肚子里掏出一个生命，并拯救曾包容这个生命的另一个生命，听来惊天动地的手术却太容易就结束了。 我坐在家属等候室像等我们家东俊出生时那样烟一支接一支地抽。 在点燃第四或第五支时听到了啼哭。

"带小鸡子的，带小鸡子！"

手术副手院长夫人出来，大声确定我听到啼哭时推测的结果。 就像对待真正的家属一样向我道贺，我也不得不站在家属的立场向她道辛苦。 一会儿，便见到老权的小儿子包在襁褓里抱出来。 不像是个切开母亲肚子让母亲受了许多苦才钻出来的家伙，长得丰厚圆满一脸纯真。嗓门大而响亮，和所谓"帝王"切开术给人的成见正搭配。 听着那小子刚强有劲几乎全医院都可以听到的哭声，我陷入东俊出生那天的感怀激动中。

就那么巧，我家那晚来了强盗。 是生平头一遭碰到的强盗。 不知是谁一直摇我的肩膀。 厌烦地甩开却仍不声不响地继续摇。 突然觉得那想叫醒我的手触感和我们家人不一样，睁开眼，红色的小灯泡下我看到一个蒙面的男子，还看到一把正抵着我脖子的菜刀。 迎面扑来一股酒气。 从因为灯光影响有点泛红的黑色面罩上端露出的一部分鼻子和眼眶看得出他醉得厉害。

"起来，叫你快起来！"

好像不想吵醒别人，强盗的嗓子压得很低且语气非常小心。 我想起身但根本起不来。 指着我脖子的菜刀哆哆嗦嗦上下跳着舞。 万一刺穿了我的脖子，那不是强盗故意所为，而是因为手抖得太厉害的意外伤害。 一个非常愚蠢的强盗。 我一看那面罩后的眼睛就知道他不是专家。 自以为喝足了酒可以大增勇气，但那好看的大眼睛显出天生善良的本性，此刻有点儿不知如何是好非常畏惧我的样子。 如果是个不喝酒壮胆就无法翻越人家围墙的强盗，想干强盗杀人的罪行根本就不合格。

"我要起来，请把刀子往后退一点儿。"

强盗依了我的话。

"交出来，赶快交出来。"

等我起来坐好，强盗咕哝着。

"叫我干什么我就干。 不过你也照我说的做，事情会容易得多。"

看着满眼疑惧盯着我的强盗我又加了一句：

"家里没有现金。 梳妆台上有个小猪存钱筒，柜子里大概有我老婆用剩的一点儿零钱。 此外有什么值钱的东西你要就拿走吧。"

强盗更加怀疑，没有轻举妄动。 我试探性摆出有点儿动肝火的样子说：

"你要把我老婆吵醒大闹一场才高兴吗？ 在事情变得更难办以前听我的对你更有好处。"

长长地深呼吸后，强盗终于下了决心似的转身向梳妆台走去。 我这才看到强盗规规矩矩连鞋也脱掉只穿着袜子的脚。 我担心得不得了，结果强盗颤巍巍地移动双腿时还是踩到了东俊的脚。 东俊突然哼起来，强盗惊恐地趴在地上，竟轻轻拍着东俊的肩膀。等小鬼又睡着后，他抬起面罩上端黑漆漆淌着汗水的脸站起来，瞟一眼确定我的方向后，开始正式行动。我忍住快爆发的大笑一直注意着他温柔的举止，这时悄悄移动上身，捡起强盗哄东俊睡觉时忘在被子上的菜刀。

"看你武器这么乱扔，可以知道你的经历还不长。"

看着我推过去的刀子，他吓得几乎要昏过去。我露出看来很和善的笑容挤挤眼示意他接下刀子，他惊吓过度犹豫了一会儿，在我的催促下猛地扑过来拽住刀柄又抵着我的脖子。我早已看出他不可能故意杀伤任何人，所以我一点儿也不后悔把刀还给他。果然，他把菜刀插在肋旁的腰带上，一副自尊深受伤害的表情。

"家里连可偷的东西都没有的鬼样子，尽耍嘴皮！"

"所以有经验的人根本不会理我们呀！"

"谁想进来？有不得已的事……"

我认为这是安抚强盗让他安心回去的最好机会：

"不得已的事不外是家人生重病，或欠了债……"

那一瞬，强盗眼里充满了疑惧，愤怒之余全身哆嗦得连牙齿都咯咯作响，向着客厅冲出去。经过我身边的时候迎面扑来一股令人恶心的酒臭。他慌慌张张地捧着跑出去的，必定是被撕成一缕缕的自尊心。背离了我当初的本意，我醒悟到我的方法别说安抚他，反而让他变得更加狼狈，于是对着他的背影说：

"有困难不一定孤单，谁知道呢？或许有某个珍惜你的邻居悄悄帮你分担了困难。"

"别想要花样。我很清楚没有那号子邻居。现在我谁也不信。"

他正穿上脱在玄关的皮鞋。我突然有股冲动想开灯看看他的鞋，但拼命忍住了。打开玄关门走到院子，似乎不小心忘了自己提着菜刀来我家的本来目的，下意识地要往门房走。我指出他的失误是为了以后的日子而采取的不得已的措施：

"大门在那儿呢！"

他站在门房的厨房前有好一会儿茫然若失，然后缓缓向大门走去。走得歪歪倒倒。快到大门时他转过上半身看着我：

"不管你怎么想，我也是大学毕业的人。"

谁说什么来着了？冷不防公开自己的学历后，打开大门，投身伸手不见五指的黑幕里。

我没有锁门，把门带上转身回屋前，先去了门房。确定了老权还没有回家，黑漆漆的房里只有两姐弟缩着身子睡得正熟。妻穿着睡衣两手插在胸前站在玄关口：

"发生什么事了吗？"

"没事儿。"

没有丢掉任何东西。小猪存钱筒也好端端在梳妆台上。我只能说没有发生任何事情。重新入睡前我才将代缴了手术费的事告诉了妻。妻好久不说一句话，向着墙壁转过身去。

"别担心他不还，有房租保证金嘛。"

"原来发生过事儿呀！"

妻又转回身。我们家来过一个愚蠢的强盗的事我始终没有透露过只言半字。

直到第二天早上老权也没有回家。上班时顺路去了医院。自从离开医院去筹手术费，那儿再也没见过他任何足迹。

过了一天，又过了一天，老权仍然没有回家。显然他已不知去向。此外，虽非我的本意，但如今事实摆在眼前，我的方法非常拙劣。看到露在蒙面布巾上的眼睛我立刻知道他是老权。我判断，如果要让老权在早上酒醒后仍能像以前一样光明正大地面对我，那么始终将那蒙面男子视为一个强盗是唯一的选择。所以当时也希望他第二天像个没事人似的去医院看他活得好好的老婆和新生的麟儿。后来才后悔没去玄关确定一下他的鞋子。冷着脸提醒他走错方向，阻止了他回门房去，也让我一直耿耿于怀。 虽然没什么根据，但总觉得随着他的皮鞋整理的程度或许可以预测他的命运。 鞋尖擦得像玻璃一样闪闪发光，则自尊心也会散发着比那更耀眼的光芒。 那么我也可以放心了。 那时如果他已决心去孩子们沉睡着的房间看最后一眼，我却阻挡了他，他究竟会有什么样的感受呢？

　　趁着妻去医院，让她把孩子全都带去，我进门房仔细看了一遍。 自房间租给他们以后，这是大白天里第一次进去。 搬来的时候看到的——垫的和盖的、盛米饭的——几样东西就是全部的所谓家具了。 没有引人注意的奇怪东西。 如果一定要找到什么蛛丝马迹，那就是鞋子了。就在够资格称为家具——如衣柜之类——的东西该摆放的位置上，像等待校阅的士兵一样整齐排列着九双皮鞋。擦得干干净净的有六双，蒙满灰尘的有三双。 大概一共十双鞋中挑合意的七双一次修整干净，一周内每天换着穿。 正想着擦得很漂亮的七双中不见踪影的一双时，突然恍恍惚惚地醒悟到那一双恐怕轻易不会回来了。

　　老权行踪不明一事，现在不报告不行了。 这是我第一次主动打电话，也是最后一次。 我尽量努力做到沉着应变给李巡警——屡次向我保证我会爱我的邻居的人——拨了电话。

直线与曲线

　　有人彻底翻阅了我的经历，甚至在大众面前公开。那个人就是在城南市当语文教师的吴先生。是个叫东俊的孩子的爸爸，也是个性格相当执拗的女人的丈夫。

　　我无意将吴先生批评得太过，也不想因他揭露我的羞耻而怨恨他。针对我的问题他所发表的见解大体上正确，而他自称公开的动机是出自对我的人性之爱的那些"自由心证"，通过好事之人的饶舌可以更加坚固有力。天谴可能降临在我身上——如果有一天我对吴先生产生了丝毫的怨恨，一只巨大的惩罚的手可能会紧紧掐住我的脖子。然而，即使以后发现他以一个处境比他困难的人生为借口，而将自己的立场合理化，我也不会改变给他高度评价的想法。 我是说，不是因为他为我付出了很多，他就有享受高度评价的权利，而是正如我是个人，他也不过是个人罢了。

吴先生的话中有些说明不足的地方。 据我所听到的，似乎有不少人对九双皮鞋非常好奇。 九双皮鞋对权氏而言究竟有什么意义；三餐不继，让妻子儿女跟着受苦的家伙，竟自己一个人奢侈地拥有九双皮鞋，不是病态的偏执狂或不道德的行为吗……

虽然只是些微的差异，有一点想先说明清楚。 不是九双是十双。 不知是否该归咎于东方人对于数字的观念，对绞尽脑汁要找出"九"这个数字有什么特别意义的人的心理我只能苦笑。 如果对别人的事更慎重一点儿，更诚实一点儿，就可以避免这样的错误。 或许有人会说九和十不就是那么回事儿吗？ 但在我的立场，就某种意义而言它们的差异是可以左右生死的极重大的问题。 说实话，明明有十双却简单地以九双来计算，那种思考方式不能不令人忧虑。

总之，皮鞋问题希望顺从吴先生的解释。 吴先生说黑就是黑，他如果说是白那么肯定就是白。 在人们嘴里传得最多的主张是：皮鞋的存在是一个眼高手低的可怜虫所拥有的近乎病态的自尊心之象征。 更有学问的人甚至动员了心理学知识判断那是一种补偿心理，而点着头叹道"果然像权基勇的行为"。 怎么解释都可以。 都是过去的事了。 现在和我已经没有什么关系。 以前非常重要的，不一定直到海枯石烂都很重要。

只思考眼睛所见的人出乎意料得多。 因为留下九双鞋便认为那是全部。 人们很轻易地抹杀那失踪的一双比留下的九双所具有的更迫切的意义。

叫作"权基勇"的邋遢男人在经历了波澜壮阔呜咽曲折的事件之后有一天突然蒸发掉了。 他的蒸发代表着死亡？ 或意味着他在逃避世俗的义务和责任？

好一段时间让吴先生陷入困惑的大体上是这一类问题。 我知道这类质问与其说是出于对失踪的一双鞋的怜悯，倒不如说是受到眼前醒目的九双鞋刺激的强烈好奇心。 我也知道那不是对一双鞋的死亡或失踪的哀悼而提出的疑问。 更遗憾的是，我的行事之固定、幼稚而且卑微，人们只要稍具一点推理能力就能猜出。 是的，他们的推测很正确。 我一时是为了逃避。 然后死亡。 只有又从死里复生这一点超离了人们的推测。 重生之后的现在，我迫切地希望我这条从阴间被遣送回来的命，成为一个借口，狠狠揍一顿那些只关心眼前九双鞋子的人。 也许是为了揭示人们在某种情况中可以变得多么恶毒，而开始叙述事情的始末。

离家出走六天才回家，我做的第一件事就是清除那些惹问题的皮鞋。当然，在那之前也和家人见了一面，体验了和通过手术而得的第三个孩子初会的莫名激动。老婆和孩子们痛哭不已。从音量之大来看，可以确知我在这个世界上的存在至少对他们四个人而言是非常必要的。

"没什么好哭的，你们老爸还没死。"

我紧紧抱起映入眼帘排列整齐的鞋子对孩子们说。从前也说过同样的话。大概是在吴先生家的里间透露我的过去的那晚。那时脑子里想的大部分是"死亡"，可现在情况改变了，我的话中反而自觉地蕴含着毅然拒绝死亡的意义。

其实最难处理的就是他妈的皮鞋。不能用剪刀剪成一块一块；用菜刀乱斩一通也不合我意；又不能整个往垃圾桶里丢。我不希望我厌恶而丢弃的东西却让别人捡了去。只有用火烧是可行的办法。从灶台里拿出煤炭球，在宽敞的院子一角燃起火，将鞋子一双双丢进火里。迷蒙的烟雾和浓浓的黑烟一齐升腾，臭气震撼了整个庭院。橡胶鞋底燃烧的臭气，浸透了鞋油和脚臭的皮革燃烧的怪味儿，"嗞嗞啦啦"熔化沸腾，不一会儿追着浓烟"哗"地往上冲起闪亮而强烈的火花……

我寒酸凄惨地蹲坐在煤球火前，以掌管暗夜仪式的心情进行那令人憎恶的工作。 大概难忍渗入房间浓浓的臭气，吴先生一家都出来站在我后面观看。 吴先生自始没有唆使我，至终也没有拦阻我。 我也不在意他只是远远站着静观。 换了别人不敢说，但吴先生能充分理解我烧毁皮鞋的心情。 理解我只留下目前需要的一双把其他全部烧毁的心情在吴先生是绰绰有余的。

　　浓烟、臭气接着是火花，浓烟、臭气接着是火花……

　　以各种形态和光彩装饰过我身体一部分的东西一点点化为灰烬。 其中大部分是便宜的现成货，只有几双是精巧手工制作的高级商品。 那些该当被指责为奢侈得不合身份，让我执着到不可理喻的家伙扭结成一团焦黑的煤块，混杂了所有言语难以形容的臭气。 一闻到那味道，五脏六腑便上下翻腾，恶心得想吐。 在火完全点燃之前，像爆炸的烟幕弹一样浓浓卷起的烟雾熏得我直流眼泪，可是那火焰令人非常满意。 皮革的形体扭曲，橡胶完全熔化，冒起彩虹般五光十色而细腻的火花。 几股五色火花和在一起往更高处冲去，伸着艳红的舌头好像要把碰到的东西都吞吃熔化掉。 燃烧肮脏杂乱的东西竟可以产生那么炫目的火花，使我得到很大的安慰。 脸庞卷入那"呼呼"直往上冒的烟雾中，火焰的旋律摄取了我的魂魄。 我恳切地盼望炼金术的奇迹让我污秽杂乱的过去在火焰中化得一干二净，在火化的地方将我提炼得比不同于现在的另一种污秽和杂乱更加坚实而顽强。 更期待通过以九双皮鞋为牺牲献上的燔祭，让厚颜无耻和人面兽心的邪恶，彻底代替因失了面子而愚蠢地想在脚上找回来的病态自尊心。 我向来只在单纯的"美"中寻找世人所共识的美感，这是多么的愚蠢，经由这次离家出走期间的体验我有了刻骨铭心的觉悟。 如果无论怎么努力在"善"中也找不到"美"的话，那么十之八九是隐藏在"恶"之中了。

尽管那么恳切地期望着，我的过去仍不是轻易能用火除去的。 鞋子都烧完后，我真正想清除的核心问题，却因它的不可燃性而原封不动地留了下来。 尤其是最近和吴先生有关的诸多事件。 吴先生从我背后走来：

"起来吧，进去干一杯烧酒。"

对于离家出走的始末原委他一句也不问。 万一他问了，我原打算先为抢劫未遂道歉，也要感谢他代缴了手术费和住院费。 但我的无恙归来似乎对吴先生而言已足以充当谢礼，结果我既没有道歉也没有道谢，只是请求他为我的第三个孩子取名，以表示一部分对他的谢意。

在禁止进入的山区不知待了几天，一边下山一边想着有两件必须立刻处理的事情。 第一是寻找劝我一起自杀先让我吃下药然后自己溜走的老酒家女。 第二是去确定二十四小时内不动手术的话将有生命危险的产妇和胎儿结果如何。 先想到酒家女是因为去医院对我而言是最恐惧而痛苦的事。 但仅次于酒家而想到医院则是因为那儿有我的家人。 我离开了山野小径来到大马路，犹豫了许久究竟该先上哪儿，结果还是决定先去医院。 理由很简单，必须开刀才能存活的两条生命不是别人，而正是我的家人。 而且突然觉得这几天我所经历的难以用语言形容的痛苦和试炼，算来和我过去犯下的罪恶可以相互抵消。 所以这番计算对最后的决定有很大的影响。 我那被不知什么种类的毒药捅了一番的胃千疮百孔，几乎不可能说它是属于活人的。 这是在鬼门关前捡回的一条命。 再没有比死亡更能得到宽恕的了。

刚从山上下来时的样子，大概比我自己想象得更加丑陋。 吴先生说，偶然地在元妇产科医院附近发现我时，他起初以为不是我。 明明视线交错却完全认不出来，看来非常寒碜，满面病容像具活尸。 所以他一边在心里感叹"世界上会有这么相似的人"，一边在我后头悄悄跟着。

快到医院时我才发现后头有人跟踪。 两脚像踩在空中晕眩得厉害，五脏六腑如拧衣服般极度的绞痛，使我几次蹲在路旁蜷缩着。每次都有一个人不声不响地走近站在我后边。好不容易振作起来咬紧牙关再往前走，那人便又在后边保持一定的距离。在医院玄关低矮的石阶上我终于倒了下来。眼前被一片昏暗包围，好似再也站不起来，就在那时有个人很快跑来从腋下将我扶起。

"是个儿子。"

他在我耳边低语。

"母子均安。昨天出院了。应该再住两天的，产妇自己坚持不肯……"

仿佛坠入五里雾中眼前一切都在旋转什么也看不到。不想连吴先生的声音也错过，我使出浑身仅余的力气问道：

"今天星期几？"

"星期二。"

星期二……那么离家出走整整六天了。在老酒家女申氏身边闲晃了三天后，又上了禁止进入的山中松林里，在死亡线上整整挣扎了三天。我还想说些什么，呼吸却急促而吃力。饿了三天粒米未进，嗅觉却变得异常灵敏，闻到了自己每一口气中扑来令人难以忍受的恶臭。大概是内脏腐烂的臭气吧。

离家出走最直接的契机——生硬可笑的强盗行径——绝不是有计划的，而是一个即兴的偶发事件。 亲自到学校去求援却被吴先生拒绝后便去找了申氏。 说"找"倒不如说是我的脚不由自主地向她住的梁山渡酒家移动更恰当。 提到吴先生，以我的立场他是我最后一个可以伸手的机会，一个能挽救我的人。 他比谁都清楚我的境况，而且现在算是最亲近的邻居。 我一直珍惜着这个机会，暗自决心如果不是到了最恶劣的情况绝不向他请求帮助。 最恶劣的情况终于来临了，我决定利用这个珍惜许久的机会。 可是他却只让我吐出了一句完全绝望的话"吴先生，不管你怎么想，我也是大学毕业的人"。 一种想去哪儿大醉一场的焦渴攫住了我。 像这样手里没有一分钱也能痛饮的地方就是梁山渡酒家。 以前需要慰藉的时候偶尔也去找过申氏。 她安慰我的方式非常粗俗而恶毒。 狠狠地泼到我头上的各种辱骂和虐待给予我极大的安慰。 而另一方面，借着宣传"也有挨你这种女人苦头吃的男人"，她也从我这得到了慰藉。

　　翻过水镇里高坡拐向太平洞的路口，读停川堤防边，经常可以看到一个身材圆滚的老酒家女，她醉红着脸，以凋萎的嗓音高声唱着老歌。 这是很久很久以前就该退休的女人。 路边的杨柳树勉强能躲开络绎不绝的车辆和行人，树下摆一张木制长椅，她快乐地大张两腿夹住椅子躺在上面。 沾满污垢、黄绿相间、土里土气的上衣和裙腰之间，故意开放参观似的垂下硕大的乳房和胳肢窝边的肥肉，一点儿不觉得羞耻。 好似"给你看更好看的地方怎么样？"两腿张成大字平躺着，一手枕着后脑一手在长椅上"啪啪"打着拍子。 在旁观看的人不管十个二十个，她全不在意。 如果有人觉得太不像话出面干涉，她便"呼"地一下跳起道：

"要上的话上呀！老兄！"

如果干涉的人不止一个，她会说：

"老兄们，老兄们，团体上我也不拒绝。"

我曾见她以同样的方式跟警察胡说被抓到警察局去。

"哎哟哟！这个废物！"

第一次见到申氏，她立刻对我这么说。

"早点儿完蛋算了，费那么大劲儿留一口气干什么！"

我只是从梁山渡酒家前边经过。 既没有一点儿要干涉她的想法，对她也没有丝毫关怀。 辞了出版社的工作，在叫"牡丹"的地方道路拓宽工地打零工。 傍晚，筋疲力尽回家的路上，到了梁山渡酒家前面，往冒出白色水汽的布帘后面探了一下头，搓着口袋里当天领的工资，心想来一碗下酒酱汤拌饭，配一杯烧酒如何？我犹豫的时间极短，顶多不过几秒。可是申氏从长椅子上一跳而起喊着"哎哟哟！这个废物！"使我的气势立即矮了半截。起初以为她认错了人，可听了从粗鄙的酒家女嘴里陆续吐出的话，我才醒悟四周够格被称为"废物"的除了我以外再没有别人。第一次见面，她却像个烈性女人训斥没出息的老公，大步跑来"嘭嘭"地捶我的背。真是怪事。我一点儿也不想怪她嘲笑一个突然出现的人，反而惊叹她的直觉能力，竟然一眼就正确地把握了我的底细，而且忍不住涌出一股和某种命运的阴影接触后所产生的深深的恐惧感。我闪闪发亮的皮鞋在这历尽沧桑的老酒女面前也发挥不了任何作用。面对这准确地看透了我的处境的卖身女子，我反而预感再不会比这更平安了。为了让一个性情暴烈的女人扮演狠狠教训没出息老公的角色，我让申氏拖着进了梁山渡酒家。喝了相当多的酒之后，那女人因终于找到了望眼欲穿的同伴而掩不住满脸兴奋。她得意地告诉我很久以前便准备了两人份的毒药，可以让两个人毫无痛苦地死去，然后用黏腻的嗓音诱惑我：这样白费力气活着干什么？还不如今晚一起死了了事。我不想怪这个第一眼就把我视为同类的女人。那绝不是鄙视我，而是一种人情的表现，希望"自杀"这类很难单独实行的事，由两个人作个伴来解决。我也曾具体思考过死亡的问题。

"那个浑蛋又发疯了。"

在碗槽边正洗着碗的老鸨望向我这儿恨恨地喊。

"那么想死的话你自己去死，这个冤家。哪个客人没事干，找个快烂掉的婆娘一起上黄泉？"

我只是嘻嘻地笑。

"哎哟哟！这个废物！到现在还没死，去了哪儿现在才来！"

好久没见，申氏高兴地这么迎接我。口气听来好像很清楚我是在吴先生那儿碰了钉子来的。觑着老鸨的脸色和申氏干一两杯，不知不觉醉得非常厉害。那点儿小事随它吧！一方面又想，总不至于看着活生生的人等死吧？太阳还光灿灿的时候已经喝得过量，连天黑了也不知道便醉得不省人事。

一觉醒来早已过了宵禁时间。喉咙如燃了一把火般焦渴，睁开眼睛，吃惊地看到我矮小的身材被一左一右两个女人挤在中间。这不是我可以睡觉的地方。想看看几点了，把申氏的手臂拉到她胸前。路灯透过窗子，俨然一方窗形的毛巾覆盖着她。她慢慢把带着表的手腕塞到乳房下发出了梦呓——"小偷……小偷……"准备了药寻死的家伙还担心手表，简直令人哭笑不得。现在不是这么躺着的时候，我着急地想，即使晚了，只要能做点什么我还是得做。 这时突然想起了房租抵押金。 我后悔莫及怎么这才想起。 如果早上就想到的话，在吴先生面前不是可以更理直气壮了吗？ 如有神助，我当下需要的钱和交给吴先生的抵押金正好一样。 我赶紧爬起来，找到了脱离了我身体的唯一一件外套——肯定是申氏帮我脱下来的，又找到了鞋子穿上。

在宵禁管制的路上没有遇到任何人。 以前喝了酒很晚回家时偶尔会被巡查队逮个正着。 那时怕被抓到捏着冷汗小心前进，却总是一下子就碰上岗哨。 可是当壮起胆子想着"要抓就抓吧"在马路中央昂首阔步，反而没有人来找麻烦。 可以想见小偷或强盗是打着什么主意在夜路横行。 吴先生的家近了。 吴先生的家近了就表示我的家近了。 爬上市政府后陡峭的斜坡拐进银行住宅的胡同时，突然响起的哨音揪紧了我的脖子。 我几乎以反射式的动作"嗖"地把身体紧贴在路边墙上。 电影明星李某住的洋房那边另一个哨子吹起。 接着，连接前两个哨音呈三角形的顶点方向附近又吹起了第三个哨子。 "嗵嗵"杂乱的脚步声向着我这边越跑越近，伴着拉人力车的黄牛般"呼呼"的喘息声，一个强壮的男人光着上身在灯光微弱的胡同里疾奔而去。 我赶紧往灯光造成的窄小黑影中移动。穿黑色制服的巡查队员一边吹着刺耳的哨子，两三步便从我眼前越过。我呆呆地听着哨音连成的三角形渐行渐远，声音越来越小，不一会儿又变得极度响亮刺耳。从三角形逐渐崩溃的样子来看，很可能是错失了抓住犯人的机会。那一刹那，我很快地回到了我现实的处境。哨音很冷酷地警醒我，当场叫人还我十万韩元的抵押金是多么无理的要求。这么一想，对吴先生这个人便深深地憎恨厌恶起来。那一刻，我确定所有的不幸都是因吴先生一人而起。送老婆去医院；小家伙在母亲肚子里被脐带缠住脖子；被逼入不动手术将失去两条命的险境。这些不谈，就是我失业以后最近发生的一切事情，在那一刻全被归咎于吴先生。不仅如此，残忍地将我第一次也是最后一次伸出的手挥开的吴先生，应该让他受些灾祸。确定了大门锁得紧紧的之后，我越墙而过。进孩子们熟睡的门房去拿了一块包袱巾蒙住脸又拿起菜刀，手一直抖个不停。我努力说服一个姓权的强盗新手：那不是因为内疚或胆怯，而是酒喝得太多。

"不管你怎么想，我也是大学毕业的人。"

我不得不第二次吐出了这句话。生平第一遭的强盗事业，以极端悲惨的结局落了幕。叫醒沉睡中的吴先生，拿刀抵住他的喉咙时，看着我自己以酒劲儿为借口未免过分，像鬼神附身的巫师抖个不停笨手笨脚的样子，大可预料到会有什么结果。 被害人得怕强盗，事情才能顺利；强盗反而一副畏惧被害人的德行，绝没有成事的道理。 尤其是踩到吴先生的儿子东俊的脚时，为了哄他入睡把刀放在被子上，犯了一个决定性的错误。 那时吴先生悄悄拿了我的刀，指责我的失误，又把刀还给我，我不以为他是采取了明智的行动，反而让我着了慌，愤怒之余刀子差点儿真的刺进他的喉咙。 不一会儿从里间出来，我下意识地往门房走，又犯了第二个致命的错误。 吴先生再次冷酷地警醒我时，我好不容易才遏制住想捅他一刀的冲动。 如果他具有丰富的人情味，我的两次失误中，他至少应该有一次闭上眼装作不知道才是合理而有礼貌的。 如果他那么做，兴许我还不至于落到这么悲惨的地步。 依吴先生所说，为了以后着想才不得不坚持以对待强盗的方式待我。 可是他的举动在我看来，他早已知道这个强盗不是别人，正是住在他们家门房的男人，却始终毫不留情地带着轻蔑与嘲弄的口气。 吴先生轻蔑的眼光如芒在背，走出大门的一刹那，我真的再也没有活下去的勇气。 活到三十多岁，一直支撑着我的梁柱在刹那间崩颓，那是不管遇到任何困难都不曾失去的自尊心。 以参与广州区事件的嫌疑被判有罪多年服刑期间，在失业的恶循环中，在转战于出租房的极度贫困中，我一直坚持下来的自尊心的威力，现在到了尽头。 酒意已完全消散，我打消了把菜刀丢进污水横流的读停川的念头，跟跟跄跄抱着刀子但神志清醒地低声哭了起来。 那时候那种心情下，我能找的人只有老酒女申氏。 再回到几个小时前才离开的梁山渡酒家，天还没亮。 四周深沉的黑暗如被密封的箱子，估计距日出还有很长时间。

"有困难不一定孤单，谁知道呢？ 或许有某个珍惜你的邻居悄悄帮你分担了困难。"

天亮了，突然想起吴先生的话，也试着回想他说那句话时充满自信而真挚的表情。 当时感觉之不快让我不禁喊道："别耍花样！"但现在那句话带着强烈的号召力撞击着我的脑子。 他说的是我老婆的手术。 不管过程如何，手术是进行了。 他也积极干预了那件事。 他在暗示我结果非常好。 如果在保持冷静的情况下听了那句充满希望的话，我说不定当场会失去理智双膝跪倒在他脚下。但是顺序颠倒了，在精神几乎崩溃失去理性后，那匿名的邻居只不过将我驱赶到更加刻薄无情的角落去。 那时，可能早已脱离死亡边缘的妻和子也对我起不了任何安慰作用。 他们扮演的角色不是将绑缚我于今生今世的绳索勒得更紧，而是放得更宽松使我只要愿意便可以轻松地脱逃而去。 无意识中往门房走去，吴先生冷冷地提醒我时，我说"我是大学毕业的人"时，我觉得我选择的方向已经不再动摇。 在申氏的保证下，看着老鸨的脸色，把一杯杯不知什么时候才能还清赊账的酒往嘴里灌。

"不管你怎么想，我也是大学毕业的人。"

对我而言，大学是什么？ 在觉得自己沦落到最悲惨的境地的瞬间，两次令我莫名激动的究竟是什么？ 恐怕只有流行歌词所说"泪的种子"云云可让我自问自答。为了过优越的生活，不顾本已一无所有的家计勉强作无理的减缩，直得到较高的学历。 而结果大学至少对我而言只是让人单方面受损失所设计的制度。 因为大学毕业，我到了应该表现愤怒的紧要关头却不能不克制自己的感情。 因为学得比别人多，在投入可获得世俗利益的事情之前，必须先控制个人卑劣的本能。 这都必须归咎于自己被"大学"之名蒙蔽看不清社会的真相，只看到了虚假的一面。 结果大学对当初我所期待的美好生活完全没有起到作用。 实际上到现在为止经历的各种工作中，学历比我低得多的人更容易受肯定而崭露头角，这样的例子很多。 尤其是在建筑工地之类的地方，强悍的工头大多以我读过书的气质太浓为由而毫不留情地削减我的工资。但我仍然丢不开大学的虚名，像供奉神明牌位似的妄加保护。 如果因为是喝过大学墨水的人所以现在必须死，那么只有小学毕业即可以免于一死，想活多久就活多久。喝醉了睡，睡醒了又喝，大醉了又睡。 在这样反反复复当中，胡思乱想，错失了许多可以得到别人原谅的机会。

跟着申氏过了两天，第三天被赶出了梁山渡酒家。申氏一边连连喊"哎哟哟，这个废物！"一边又追上来。但我一点儿也不像被驱逐的人，心情意外的平静。 今生纠缠不清斩不断的情缘，在两天内都让酒给融解，化为乌有。 我不仅抛弃了我的家人，也抛弃了我自己。 恐惧和焦虑不过是拼死想抓住什么东西时产生的一种非理性。我像个出门散步的人闲闲地向牡丹方向走去。 那是不久前进行道路拓宽工程时我打了几天零工的地方。 前边不远处有个小商店，我向落后两三步跟来的申氏说：

"恐怕干吞吞不下去，就着烧酒喝会好一点儿。"

"哎哟哟！还摆架子呢，该张罗的都张罗了。"

口里这么说，她仍然急忙跑去买了一瓶四升装的烧酒和下酒的干菜，像头一回参加郊游的学生莫名兴奋。

"去哪儿？"

我问。

"我希望烂得分不清谁是谁以后才被人发现。 去山里。"

“好，山上不错。”

赞成申氏的意见，我领先跨上通往牡丹入口的大桥。尽可能避开大马路，选择了在城南市也属于最偏远地区的牡丹边缘弯弯曲曲杂乱无章的小胡同。我们将要做的事必须避开人们耳目，故意在偏僻的小道上行走也非常自然。经过粪肥臭气刺鼻的菜田，又经过用铁丝网围起的果园，最后，到达挂了技术传授学校招牌的三层楼建筑，从它长长的砖墙边经过，终于完全摆脱了人烟。从那儿开始进入山区。沿着一条清澈无比的小溪，溯溪而上好一会儿，出现每隔一段距离钉的四个牌子，写着“禁止进入”。似经过了一番洗涤，不见任何足迹，是从山谷到山脊都填满了寂寥的世外桃源。

“禁止进入就再不能往里走了。”

“那正好。既要寻死，可不能辛辛苦苦走那么久白费力气。说不能进去咱们就偏要进去。”

这回申氏领头先走。她仍像个少女般兴奋，穿着笼手笼脚非常不便的韩服，撅着擀面板那么大个的屁股却很轻松地就爬上斜坡去了。前边没路开路，我在后边忙着抹去足迹，为找一个安静的地方真是吃了不少苦头。悬崖下矮松茂密的林子最合我意。在那里头坐着，别说外边看不见，就是从里边也完全看不见外面。

"你转过身去。"

申氏一边把酒瓶和下酒菜摆在杂草堆上一边说。

"干什么？"

"叫你转过去一会儿嘛！"

我转过身去，申氏嘻嘻笑了起来。

"因为我不好意思，嘻嘻。"

边说边"呼啦啦"脱掉上衣，接着脱掉了裙子。 我吓得大喊：

"没必要脱得精光呀！"

"哎哟哟，这个废物！最后想送你个大大的人情，显显你做男人的威风，没出息的东西！"

青天白日下的草丛里，申氏的裸体是一座反射着炽热阳光的巨大的石灰岩山冈。 有峰有谷，一片自然景色。在申氏宏伟的气势之下我更加胆怯。 我完全萎缩的男性本色不敢升起钻进那座山峦的念头，失魂落魄，不知如何是好。

"没有第二次机会了，快，快来。 废物。"

申氏屡次怂恿我，再没有比"废物"一词拉扯的力量更大的了。 被"你这个废物"一句话牵引着，我怀着履行某种义务般的心情羞涩地靠向前。 好像烤白薯的火炉里填满了炭，申氏渐渐热情高涨，可我怎么也做不到。

无论如何努力往上爬，回头瞟一眼来时路，顶峰绝境却一晃又往上逃得更高。 申氏裸露的肌肤像棉花一样柔软。姿态像一艘破浪而前的帆船，气势越来越猛烈。 在她的引导下，我觉得头晕目眩，脑子里浮现书上一幅惨不忍睹的插画，是关于麻风病历史的记录。

……健康的意大利人只要看到麻风病患者就抓到维苏威火山山脚下，圈禁在高耸入云的木栅栏里，任何人都不可能逃得出来。 这还不放心，又在栅栏周围挖了一条深不见底的壕沟，完全断绝了他们和人间的来往。 被禁锢穴居山中的麻风病人靠有限的粮食苟延残喘。 一天，沉寂许久的火山突然活动起来，烟雾和灰烬尘土高高地向蓝天喷出，濒临疯狂的麻风病人为了逃出维苏威火山，一群群顺着绝壁或木栅往上爬，无数人跌落惨死。 醒悟到绝不可能逃脱后，他们改变了想法，人类以惊人的速度退化为禽兽，准备迎接末日到来。 活动肢体只是一种狂乱的本能。 男女老幼纠缠在一起，不择对象，展开了集体性交活动。 好像不懂事的孩子玩捉迷藏，只把脑袋藏在酱菜缸的缝隙之间，人们一转眼全陷入了本能的泥沼中。在这一场人间地狱上空，以火红岩浆的形态织成的终结之幕终于缓缓降落下来……

申氏觉得倦乏自己先放弃了。 没法儿接受她最后的善意我非常内疚；不能发挥男人本色更觉羞耻。

"想让你享点儿小福再上路，你还真没福气。 就这么走了可怎么好？ 这个废物！"

申氏一边将衣服一件件拾起遮掩裸体，一边表达对我的同情。 我一句话也答不上，只是冤枉地摸着眉毛。 自从看了关于麻风病历史的记录，好长一段时间不知不觉有了这个习惯。 一觉睡醒，洗脸的时候，甚至在路上走着走着，突然想到那场面，就慌地摸摸眉毛确定是不是还在。

"别动！哪儿有蜡嘴雀叫！"

我好端端坐着没动申氏却猛摇手，让人更是大气都不敢喘。

"什么叫？"

"叫你别动还动。 我说蜡嘴雀在叫。"

谁知道蜡嘴雀是什么长什么样子？ 申氏往微风拂动矮松枝丫的方向倾着耳朵，两眼眺望远方。

"静静听听，安静一点儿，还在叫。"

可遗憾的是，我耳里只有人和机械混杂喧哗的都市发出的既非人声也非机械声，奇特的嗡嗡声随着微风隐约地传来。

"对，我也听到了，那鸟长得什么样子？"

申氏瞬间脸色大变，好像我说的谎话让她感到莫大的耻辱。

"你也听到了？ 在我老家才听得到的蜡嘴雀叫声能让你听到？ 别信口开河了……蜡嘴雀是不能吃的鸟。 在我们老家没有任何人吃蜡嘴雀，所以不能吃它……长得有点儿像麻雀但是比麻雀大，可不像麻雀那么令人讨厌或跳来跳去那么轻佻。 又善良又乖巧，叫起来不知道有多好听！"

有这种鸟吗？ 不想为了一个连想象也无法想象的鸟和申氏发生口角。 我只要等天黑就行。 天黑了便一起服毒自杀，这是当初约好的。 但天黑之前甚是无聊。

"谈谈你老家吧。"

申氏听了我的话猛地抬起头，和倾听蜡嘴雀的叫声时一样，又把视线投向了远方。

"年轻的时候就离开家，像个男人一样喜欢在山野里游荡，所以从小被骂是带着驿马星投胎。 从这个酒家跳到那个酒家，能卖的不能卖的都卖了，挣了不少钱，请个人悄悄回老家看看。 说是一家人都搬走了，爸爸妈妈弟弟妹妹全不知去向。 听了那个消息以后，很奇怪的，钱开始往外泼，只有出没有进，全赔给那些臭男人了。"

说着突然停下来死死盯着我：

"你刚才叫我谈谈老家吧？叫我谈老家就跟叫我骂我爸爸妈妈是一样的。再提老家这个话题你等着瞧！"

她握起拳头在我鼻子前晃晃，往后一倒躺在草地上，然后哼歌儿似的从鼻子里对我说：

"谈谈你的老家，你老家在哪儿？"

"我没有家。"

"唱流行歌呐！"

"而且，你也没有资格问我的老家，因为那是侮辱我老婆和孩子。"

"喂喂喂，别在我面前谈老婆孩子。没男人没崽子的酒家女要掉眼泪的。"

"我们不是为了这么耗时间来受罪的，提早一点儿先喝酒怎么样？"

"我也是那个意思。"

申氏霍地坐起来。没有准备开瓶器，我拿着酒瓶四处张望，寻找一个可施展跆拳道劈掉瓶盖的适当位置。申氏看了咯咯地笑。

"马上要死的人还可惜你的牙齿干什么？地狱里也有牙科医院。给我。"

说着抢过瓶子塞进嘴里，很熟练的样子用臼齿"嘣"的一声轻轻松松就打开了瓶盖。我们像喝汽水儿，轮番拿瓶子就着嘴灌，似乎永远也不醉。

"酒瓶见底以前该吃的先吃了好。"

看看酒已经去了一半，申氏从怀里拿出药瓶。是常见的抗生素一样的红色胶囊，倒在手上有一大把。她开始两个两个数着分作两堆。她的体型有我的两倍，药量也应该是我的两倍，可是她用手指每两颗拨到一边，你的……我的……将数字算得一清二楚，几乎到了刻薄的程度。

"你先吃了再告诉我味道怎么样。"

申氏颤抖着细声细气地说，捧着两堆药的手也微微地哆嗦着。我接过我那一份。已经下定决心了。我该死的理由是那么微不足道而且窝囊，所以我一点儿也不苦恼。也或许是因为有人同行。如果是我一个人，男子汉大丈夫不能舍生取义，仅仅因为筹不到老婆的手术费加上抢劫未遂就决定自杀，应该多少会产生一些悔意；也可能为了给寻死的动机树立正当名义，不怪罪妻子儿女或吴先生，而愚蠢地归咎于无辜的命运来欺骗自己。可是，旁边有申氏。有她在，我寻死的理由即使穷酸一无可取，我也心满意足。因为把申氏和我放在天平上的话，我们是五十步与百步，天赐的好同伴。

"味道怎么样？"

申氏问。 我好像要给对方做榜样，吃感冒药一样将来历不明的毒药不当回事儿地全塞进嘴里，然后用烧酒漱口。

"马马虎虎。"

真的。 没有任何感觉。

"没事儿？"

"没事儿。"

"真的没事儿？"

"它要有事儿的话我能怎么办？"

为了让申氏放心，我总想开玩笑。 但尽管我这么回答，她的表情仍写满了忧虑。 不一会儿，表情转为失望懊丧，久久郁闷地看着手里那一把红色的胶囊。

"闭上眼睛一把吞下去，然后赶快喝点儿烧酒就行。"

"妈呀！"

申氏突然尖声惊叫，非常恐惧地看着我单薄的肩膀。是一只毛毛虫。 一只柔软肥胖绒毛竖立的虫子在我左肩慢慢往手臂蠕动。

"马上要死的女人就为了一只小毛虫惨叫吗？"

我爱惜牙齿，申氏怕虫子，半斤八两。 我用手捏着毛虫放在地上，一脚将它踩烂。 这时，申氏将手中握着的药使劲一扔，巨大的身躯扑向我，仿佛要把她十根手指头都塞到我小小的嘴里。

"吐出来！快吐掉，废物。"

她一边硬扳开我的嘴，狠狠把指头插进我喉咙深处，一边胡乱大喊。

"不吐就糟了，我叫你快吐出来呀！"

我用力把申氏推开，她屁股坐在地上摔了个四脚朝天，然后立刻爬起来凶猛得好似要和我展开肉搏。她因恐惧而颤抖。看到她瞳孔缩小眼白扩大，我也害怕起来。

"哪有这种神经病，问你要不要吃就全吞下去，这个废物！你现在只有等死了，废物呀！"

举起拳头在我背上"嘭嘭"地击打，申氏大声痛哭起来。听着她悲惨的哭声，我觉得腹里渐渐起了作用。头脑昏沉，好像全世界都转了起来。胃突然强烈地痉挛，伴随着恶心作呕袭来一阵剧痛。哆嗦着在草地上又滚又爬，还不忘记不管用什么方法都要把吞下去的药吐出来，手指头直伸进喉咙里去。精神恍惚中仍觉察到申氏突然停止了声息。茫然地望着她停止哭泣霍地跳起站得远远的，抓不着她的悔恨焦急加剧了我的痛苦。

从昏睡中醒来已过了正午，而且我立刻便知道那正午并不是接续着早晨的寻常正午。 自手臂到膝盖全身无处不是伤痕。 衣服也到处撕扯破裂。 手掌和指甲伤得厉害，尤其是挂着血淋淋肉块的指甲里塞满了泥土和草屑。看看伤口上凝固的血块，我知道至少是两天前的血痕。我所在的位置距离最初选的矮松树丛相当远，地上又抓又抠从斜坡上翻滚下来的痕迹还非常清晰。 回到矮松树丛去查看我吐出的污物和挣扎爬行的痕迹。 一看到装鱿鱼干的塑料袋、空酒瓶和申氏扔掉的红色胶囊，又开始觉得头昏恶心，喉咙里却再也吐不出任何东西。

申氏不见踪影，这没教养的婆娘虽然丢下在黄泉路上挣扎的我自己下山去，但是我不但不想骂她，反而想向她行个屈膝大礼。 我这时才体会到当我筋疲力尽精神萎靡，偶然在路边遇到的一个老酒家女对我而言是个多么重要的人物。 用火辣的方式教给我通过死亡的练习，反证了绝对不能寻死的人就是这位酒女。 我很得意地再次确定这个在江湖打滚受尽磨难的老酒女个人对于生命的执着现在都转移到了我身上。 死亡的演练一次就够了。 一边感谢助我体验那"一次"并获得斐然效果的神和申氏，同时听到远远传来属于都市的嗡嗡噪音。 当我在死亡的暗影中时，那个都市依然在生活，依然在呼吸，这不仅令我惊异，而且人和机械可以和谐地发出既非人也非机械、奇特的嗡嗡声响，也让我像生平第一次听到声音一样感觉新鲜而神奇。

　　我自杀未遂无聊低俗的故事似乎扯得太长了。 倒不是故事本身有什么了不起或可炫耀的，而是为了述说为我的人生提供了转机的老酒女申氏的故事。 其实，我焚烧皮鞋也是希望将烧鞋以前所有的事情都化为灰烬，唯独对于申氏的记忆例外。 经过梁山渡酒家的时候进去问问老鸨申氏的消息并不难，但把我们赶出来的老鸨恐怕不会告诉我什么特别的消息，我决定了不问。 在正恰当的时间，叉开四肢躺在路边长椅子上高声哼唱年代久远的老歌，有人来干涉的话挑逗他们"想上的话来呀，先生！"的老酒女，在那以后永远也见不着了。

　　瑟瑟寒风吹起。 寒风是富裕的人用金钱堆起熊熊炉火，品尝对温暖的感激之情的机会；对一无所有的人而言却是威胁着生存的红色信号。 它让家无恒产的人心情更加干枯贫瘠，在那贫瘠的心田又煽风点火燃起焦灼与不安，更是对未能早早备置财产的指责和无情的鞭笞。 何况在这只生两个孩子善加教养的时代，却没有任何准备就养了三个。 对一无所有的我而言，实在是前景暗淡的季节。 寒风呼啸时凶恶罪犯也跟着大增的统计，我比任何人都相信且确定。 第一次尝试如果成功的话，说不定我会再次蒙上面罩行抢。 我的生计之受威胁就是到了这种程度。 因为生孩子的手术费和住院费竟欠了二十万韩元巨款，又加上每天的生活开销，现在几乎全靠吴先生暗地帮忙。 还清债款固然是做梦，眼前更紧急的是如何解决生活问题。

吴先生看完的报纸让东俊送来，我按着招聘广告寄出几份履历表，可甚至连"不合格"的通知也没来过。 我最忌讳的就是调查身份。 所以我对看来调查将很严格的好工作根本就没有递履历的念头，可是又常常卡在年龄三十五岁的限制。 好不容易通过了文件审查，面试的时候却总是被抓到小辫子。

那天，我拿着履历表正要去位于永登浦一个底细不清的私人公司。 只看广告，根本无法判断那究竟是所谓的幽灵公司还是强盗的巢穴。 充其量就是推销员或收账员罢了。

下了公共汽车，站在立着"暂停"标语的人行道前等着过马路。 心想大厦应该在对面某个地方，一边跨上马路。 看到远处奔驰而来的公共汽车，赶紧往后退。 可是觉得它踌躇不决减低了速度，便再度往前走。 这时，瞥见公共汽车后面悄无声息紧跟着一辆黑色轿车。 既已迈开步子，我便加快脚步从停下来的汽车前通过，往超车道跨了一步。 可是之前看到的黑色轿车却一眨眼从汽车旁钻了出来加速往前冲。 以我的视觉无法估算出数字的千千万万高瓦特强烈灯光一齐放出光芒，旋即熄灭。 我知道我打着转掉进了黑色的漩涡。

"真的，完全像'铁甲万能侠'。"

"大概飞了有五六米高。"

"才不呢，比十米还高得多。"

不知道谁背着我。 我振作精神，听到一群孩子叽叽喳喳的声音。 也知道了他们七嘴八舌的主题就是我，我像动画片里的铁甲万能侠一样飞了五六米甚至十米高。 可是想想，我的身体似乎跟平常一样没有什么异状。 被乱哄哄的人群包围着，突然觉得很丢脸，差点儿睁开眼睛大叫让我下来自己走。 但下一秒钟脑子里闪过一个比蒙上面罩拿起菜刀更出格的计划。 谁会知道我第一眼看到那辆黑色轿车时，潜意识里已经阴险地希望车里坐的千万是某个财务良好的大公司的老板。 我终于也有了一个靠山了，我想将它视为一种祝福。 接着解除了紧张，随即感到一阵剧痛，好似身体某一侧骨头散了开来，便又昏了过去。

"权先生，觉得怎么样？"

会那么叫我的肯定是吴先生。 我睁开眼，就在我的脸上方看到倾斜着上半身一脸焦虑的吴先生。 我忍着全身刺骨的疼痛努力挤出一丝笑容。

"真是万幸。"

吴先生又说。

"我伤得厉害吗？"

那是我最想知道的，所以立刻问吴先生我身体的状况。

"左边锁骨断了。 臀部附近瘀血，还有点儿擦伤……"

"放心吧，先生。 锁骨用金针固定了，知道吗？金针。"

陌生的声音插进话来，一位衣着洁净潇洒的年轻男子走近病床。 一看到他我立刻皱紧了眉。 如果知道房里有陌生人，言行会更小心的。

"您是？"

"我是东林企业吴董事长的秘书，以后希望能和权先生成为好朋友。"

"撞了权先生的车的公司。"

吴先生补充了一句。

"跟吴先生还是宗亲嘛。"

我苦笑了一下。

如果只是那点儿伤，再撞个十次更好。锁骨断裂成不了残废。但是这个自称董事长秘书的年轻人长得非常滑头的样子让我很不安。

"吴先生，麻烦你把我上衣口袋里的册子拿给我好吗？"

吴先生眼睛睁得老大。

"册子？"

"里头有个叫金俊范的人的电话号码。他是报社社会部的记者。请帮我打个电话给他。"

吴先生有点儿为难地回头看看董事长秘书，没有移动脚步。

"等一会儿我出去的时候帮您打。"

秘书说。他虽然带着笑，那笑声也让我非常不安。

"太麻烦你了，请现在就帮我打，吴先生。就说我出了车祸住院，请他尽快来医院一趟。"

我真的认识叫金俊范的人。但他不是在社会部而是在文化部。以前在出版社上班的时候，为了书评或介绍新书偶尔通过电话，其实没有见过面。所以他的名字不可能抄在我的手册上。吴先生和那秘书小子没有发现这一点，以为我真要打电话，隐隐露出了惧色。我表面上向着吴先生其实矛头对准了秘书的话像蹩脚演员的台词，总是做不必要的说明。 我自觉地要扭转那个缺点，可果然还是个没有经验的骗子，不能如意。

"如果要找交涉代理人，别平白辛苦了，依我看没有比吴先生更好的代理人了。 要说记者我们认识的人也很多。 关于解决方法刚才大致和吴先生谈过，希望大家好好商量往圆满的方向做决定。 对大家都有利不是很好吗？ 那么，一会儿见。"

他礼貌周到地弯腰鞠躬然后向门口走去。 转动门把之前突然回过头来：

"啊！差点儿忘了。 没有经您的允许，只求得吴先生谅解就把您的履历表交到公司去了。 真对不起。"

难怪他那么滑头。 那小子一开始就掌握了我的弱点，所以可以那么放心地挖苦我。 一下子蹦出履历表的话题，我发现本来被视为一种祝福的交通事故结果可能发展为一场炽烈斗争的先兆。 秘书走出病房后我变得非常郁闷。

"权先生，打电话之类的威胁说不定能成。"

可是吴先生和我不同，好像就等着只剩我们两人的机会，突然抑制不了兴奋地说。

"我接到通知跑来的时候，履历表已经送去公司了。自称总务课长的人对权先生的身世打破砂锅问到底。 在不会给权先生带来不利结果的范围内我都就我所知道的照实说了。 结果，简单地说，他们自己下了判断有必要帮助你，而且看你的学历和经历愿意聘请你去他们公司工作。"

"这可不是那么乐观的事。 他们现在正在设计阴谋。 违反交通规则的很明显是他们那一方，在应该停车的人行道前他们先闯了过来。 所以要抢先掌握有利于进行讨价还价的条件。"

在发表长篇大论时，突然感觉到后脑用绷带缠得紧紧的压迫感，我吓了一跳。

"我的头也受伤了？"

"缝了三针。 还得再观察才行，不过好像不是什么严重的伤。 真是万幸。"

"好极了！ 就是这个了！"

吴先生狐疑地俯视着我一下子从床上坐起来拍手称快的样子。

"他们在找有利条件的时候我可不能坐着任人宰割。脑子受伤是没什么症状的，只要像精神病患一样胡说八道……"

"哎，权先生。"

吴先生一边摇着手打断了我的话。

"虽然不能想得太乐观，似乎也不必想得太悲观。依我看，他们不是像出租车公司交通意外负责人一样那么心狠手辣的人。听说车祸的时候董事长就坐在车里。指示手下翻你的口袋，在记事本上找到我的电话马上联系我的就是董事长。虽然没见过面不太清楚，但听他手下人说，是个懂得挣钱也懂得花钱的了不起的人物。帮助困难的人是他的爱好，还是报纸上几次报道的无名善人的主人公呢。"

"已经在报上喧哗的就不是无名善人了。拥有一千的人即使不是出于慈善之心，也可以毫不在意地随便丢个'十'。"

"哎，权先生，"吴先生喊了一声，一再摇手阻止我说话，"照权先生说的，那个拥有一千的董事长以前那么做过几次，谁知道这次他会不会毫不在意地又丢个'十'呢？刚才权先生装模作样明明是想获得赔偿的意思，那么就像刚才那秘书说的，不要白费力气，等着捡别人丢的东西，结果不是一样吗？"

"结果好像一样，其实性质完全不同。吃别人丢在地上的东西是杂种狗才干的事。"

"那么权先生是纯种狼狗喽？"

吴先生放声大笑。我没有笑。

"不，我是人。因为不是狗而是人，丢给我的东西敬谢不敏。我要用尽所有方法夺取。我属于不相信我们国家企业界人士的那一类。"

"那一点我也一样。那些商业人士大部分是吞吃消费者或职员的弱点让自己脑满肠肥。社会越混乱没秩序，他们越拼命利用混乱来发财。社会的光明面他们当然正大光明地利用；黑暗面因为黑暗更是利用。不能期待他们会做什么积德扬善的事。可是，不是因为到处呐喊宣传所有的商人都是清一色的坏蛋，消费者就自然成为好人。我是个好人的最小可能性只能在对方也是好人的最大可能性中才找得到。而且因为不是别人而是和权先生有关的事，即使不合理，我也愿意相信对方是少数优良企业之一。"

"拿低于事实的水平来评价，这一点吴先生恐怕是错了。依我看严重得多。他们有和鸡差不多的生理构造。一群鸡如果发现其中一只有脱肠现象，就会全部拥上去啄它的肛门直到啄死它。商人滥咬瞎啄，先让竞争对手伸腿儿，直到消费者也伸腿儿。最后一个人也倒下以后，他们的尖嘴闲不下来，就开始咬他们老娘或崽子的肛门。与其说是为了利益倒不如说咬人本身就是目的。我们吃了他们生产的饲料而脱肠，正被他们啄得动弹不得。不是有什么利用价值想握在手里获得利益，而是像圣经旧约里的哥哥以扫，打猎回来又饥又累，以长子的名分向弟弟换取一碗红豆汤。 说不定我们做的是卖掉我们的根买取他们的枝叶，把他们的鸟嘴养得更加尖锐的利敌行为。我已经下定决心，以后绝不在别人面前露出我的肛门。"

　　忍不住断裂的锁骨刀割殷的疼痛，心底涌起一股想放声凄喊的冲动。 吴先生吓了一跳靠向前来。 他不是因我突然锁紧眉头的表情而吃惊。

　　"从一开始就觉得权先生有什么变化，又怀疑是或不是。 现在知道是真的了。 真不敢相信一个人怎么能在一夜之间起那么大的变化。"

　　"吴先生不是也看到了吗？ 我回家第一件事是把皮鞋烧了。 以后我事实上是光着脚的。"

　　可是吴先生无意放松僵硬的表情。 他的神色看来并不欢迎这个仍然在自己家里租个房间安身的男人的变化。好像希望我继续维持焚烧皮鞋以前的状态。 他当然不能理解我。 因为我所经历的沧桑是他几乎不曾经历过的。

　　"权先生，你不会是故意往车子撞去的吧？"

　　过了一会儿吴先生突然这么问的时候，说实话我心里抽了一下。 因为我想起了自己撞上车子失去意识后醒来的那一瞬间，曾暗自祈愿那辆车是哪家财务扎实的公司董事长的车。

"你那么想有什么理由吗？"

我努力挤出笑容反问。

"噢，不是的，不是一定要听你的回答……只是突然觉得有那个可能性……"

正好这时护士进来了，我听从护士的劝告不再说话。吴先生似乎也觉得我不再瞎闹真是万幸。 一直还忍得住的疼痛，一看到护士，一下子气势汹汹蹿到顶点，在我的身体里纵横闯荡，那股剧痛使我像个孩子似的向护士哀告。

董事长秘书带着闯祸的司机又来到病房。 是个看来已有相当年纪表情阴沉的男子。 他说他闯了该死的祸而向我道歉。 一副如果我要他跪下他也会那么做的低姿态。 我不但不想斥骂这个开车莽撞把人撞得像铁甲万能侠一样飞到空中的司机，反而感到一种友好之情。 吴先生和秘书一起去总务课办了手续回来。

我动了手术。 切开肌肉，在断裂的锁骨处装上金属夹板用螺丝固定。 检查结果判断脑子没有受损。 和肇事人的协议圆满达成，所以我不需要拿后脑的伤为借口模仿精神病患。 所有的事都顺利地解决，证明了当初怀疑他们在进行某种阴谋只不过是杞人忧天。

达成协议的那天，一位自称是秘书大学同学的报社记者也到场列席。

"我们提出两种条件供您参考。第一是像上次说的放弃赔偿，只领取出院后调养必需的经费，和住院期间经济上受损害的金额，以后来东林企业公司任职。第二个是领取慰劳金在内的所有赔偿，这个事件就完全了断。后者的情况，治疗费当然全由我们公司负担。这两个条件对我们公司没有利弊，请权先生选择对您有利的。"

和预测的情况截然不同，我诧异于对方出人意料的爽快态度，只能看着吴先生。他口气慎重地回答：

"我们需要商量一下。一会儿就行。"

"请便，我们暂时回避，两位好好商量一下吧。"

他们出去以后我和吴先生讨论了又讨论。单凭出人意料的爽快这一理由便无法再怀疑下去，我们决定姑且相信他们的诚意。而一旦决定相信，选择哪一个条件就很明白了。不用说，再怎么丰厚的赔偿也不过几十万韩元，能够保障我未来的职位才是让我脸上有光的条件。但为了得到更确实的保证，我和吴先生要求开具书面协定。

"您的决定太好了。诚心地祝贺，也欢迎权先生成为东林家族的一分子。书面协定当然会开给您。"

痛快地接受我的要求，东林企业的董事长秘书一脸满足。 现在该是质问我最纳闷的问题的时候了。

"任用我这样的人当职员的真正原因究竟是什么？"

"董事长最乐意帮助处境困难的人。 怀里捧着履历表而被车撞伤，即使不是权先生，董事长也无法袖手旁观。"

秘书的话在我听来根本是不像说明的说明。 那是没有核心、冠冕堂皇的外交言辞。 虽然决定姑且相信，盘踞在心底的怀疑的根仍然没有拔除。

"老权，笑一笑，笑一笑！"

写好协议书，秘书几乎是强制式地催促我露出笑容。一直默默听着我们言语来往的记者，正举起相机对着我的脸。 我大吃一惊，用没有缠绷带的右手挡着脸庞。

"这是干什么？"

笑不出来却强迫人笑，令我不满。 而且不经允许就随便拍摄他人的脸孔也令人难以忍受。

"没有必要照相吧？"

大概和我一样吃惊不小，吴先生在一旁抗议。

"都是为了老权好才照的。 既然要照，摆个心情愉快开怀大笑的姿势吧。"

随着秘书的指点，记者绕着病床快门胡乱按个不停。

鬼火般的蓝色闪光灯每亮一次，我的心情就像老一辈人看到拿着照相机的外国传教士惧怕魂魄被摄走，而频频皱起了眉头。不管我们说什么，他照了个够才离开病房。

"他们想登报吗？"

吴先生好像怕人听到，小心而充满恐惧地问。我岂能知道正确的原因？只是猜想以前报道过几次不为人知的佳话，这次应该也是如此，否则他们没有任何理由需要利用我的照片。这么一想，似乎可以了解他们主动任用像我这样的人的根本动机了。是的，他们发现了为拿着履历表奔忙却碰上车祸的失业男人投资的价值，一旦投资，在资本完全收回以前就必须充分利用。

"权先生，对方看来不简单。我是说，万一他们照相的目的是为了给公司打广告。如果不想把肛门向着他们，权先生以后恐怕还有的辛苦。"

吴先生难得开了一次玩笑。表现郁闷心情的最好方法莫过于开玩笑了。所以我也开个玩笑：

"吴先生只有一个肛门当然担心，幸好我有好几个肛门。"

可是结果却比我们所预料的更悲惨更不堪。第二天下午，吴先生拿着晚报，脸色白得发青，气喘吁吁地跑来。

"无法想象会写得这么恶毒。"

我读着吴先生摊在我面前的报道。大标题"永不干涸的温情之泉"下有个小标题："向自残惯犯伸出自力更生的援手"，下面是一张照片，一名男子躺在床上，用手掌略遮住下巴部分好像无颜见人的样子。那就是我"痛改前非"的写照。一言以蔽之，全是虚假夸张的报道。从个人资料"权基勇（假名，37岁，住京畿道城南市太平洞）"开始就很荒唐，明明是我的真名却写着假名。更严重的是颠倒事实改换了肇事人和被害人的立场，叙述大白天里为了诈骗金钱冲进奔驰的车阵伪装意外车祸。不知他们怎么探听到的消息，只有前科犯这一部分是无可否认的事实。可是那一点也采取非常暧昧的叙述方式，让阅读的人会产生因为自残而犯下前科的错误印象。原谅我所有的过错，特例聘用我为公司职员，拥抱从阴暗的人生中重生的喜悦。记者探访这桩佳言的主人公吴董事长，董事长如是说：

"犯罪虽然可恨，但不能憎恨人。身为一个有若干余裕的人，只是为了社会做我应当做的事却总是在报端宣扬，非常惭愧。"

最后介绍了话题人物吴万汉董事长过去也像兄弟一样帮助过无数陷入困难的人，是个无名的慈善家。他经营的东林企业是生产木棉牌纤维前途不可限量的先进企业。

"绝不能放过他们！不是毁谤名誉，要告他们集体行凶！"

吴先生控制不了激动的情绪显得坐立不安。反而是我这个当事人不断安抚他。我完全了解他的激动。从大的方面来说，那是对焚烧皮鞋以后改头换面的邻居依然不变的感情和担忧的表现。从小的方面来说，则是身为这次事件的代言人，深入参与一切所产生的责任感。可是我的心情并不像吴先生所担忧的那么悲惨。不论有意识的无意识的，那只是我早已预感且在心中做好准备的无数情况中的一种而已。

"他们有他们的计算，我当然也有我的计算。失业加上前科两件事实被揭露，那是我的弱点；利用这个弱点捏造新闻是他们的弱点。这不就是充分利用彼此的弱点共生共存的世界吗？我手里也掌握了他们的弱点，他们开具给我的书面协定现在可有一定程度的保障了。这报道就当作不知道算了吧。"

"权先生这样被人踩在脚底下一点儿也不觉得羞耻？不生气不委屈？"

吴先生越是激动，我反而越是冷漠得连我自己都觉得可怕。

"欠吴先生金钱债、人情债，和被他们踩在脚底下所受的屈辱恐怕差不多。 既然要付出同样的代价，现在我想选择不欠钱不欠人情那一方面的羞辱。 如果是焚烧皮鞋前我可能会比吴先生更生气更委屈，可吴先生也知道，皮鞋都烧掉了。"

"你说过绝不当条捡人家丢在地上的东西吃的杂种狗吧？ 得了！现在我眼里权先生比杂种狗还不如。 以前住在丹岱里的时候，我们家东俊那浑小子把饼干丢到臭水沟里，村子里一个小鬼为了捡饼干爬到堤防下面去。 我看了以后没有打那个小鬼，而是把我们家小子狠狠揍了一顿。"

"水镇里高坡下面有个叫梁山渡的酒家。 你认识以前在那儿当酒女的申氏吗？ 不知道吧？ 我真想让你见见她。 你如果跟那个女人长谈一番，大概就不会那么轻松地说想揍谁一顿、揍了谁一顿。 吴先生的想法只是以吴先生的经验为出发点，也停止于吴先生的经验。 以个人的经验为基础来判断别人的想法是非常不合理的。 吴先生曾在半个月之内亲手盖起自己的家吗？ 你看过因为肚子饿，在示威时却一窝蜂拥向翻倒的卡车捡甜瓜吃的人吗？ 你体验过死而复生吗？ 体验过焚烧像命一样爱惜的皮鞋时的痛苦吗？ 这绝不是炫耀我自己，也不是怨恨世界把我所遭遇的一切归咎于社会，而是怪我自己没出息自作自受。 所以虽然晚了，也想努力活得宽裕点儿。 各人有各人的想法观点。 即使后悔也会是很久以后的事。 我不奢望吴先生为我鼓掌。 只是在山里继续往前走也找不到路，现在要回头往旷野找路了。"

我的话或许太偏激。 一定是的。 吴先生不再开口。我已决心全不介意他的沉默是往我脸上吐口水或是向我咂舌。

我又动了手术。 把上次手术固定锁骨的金属夹板拆除。 生产以后元气差不多已恢复的妻轮流带一个孩子来照顾我。 每当和妻与孩子在一起，才深深感受到别人所谓的幸福已渐渐向我走来。 妻可以找回失去已久的言语和欢笑；孩子们可以脱去像制服一样长久笼罩在身上的破旧衣服和满脸饥色。 因为我也有得到这一切的可能，使我幸福满怀，像个疯子似的忍不住要咧嘴大笑。 当然，我知道要达到那个目标还必须经过许多难关，但我充满了前所未有的自信。 去约定的公司工作领取固定的报酬，我预料到在那之前仍要面对许多斗争。 如果必须通过斗争才能占有一席之地，那么无论什么斗争都可以投入。

住院的后半截日子充满了欢乐。 白色病房非常合我的意；护士们的亲切照拂也合我的意，甚至她们的不亲切也令我满意。 少年时期怀藏的其中一个恳切的愿望总算实现了。 中学时不知为什么那么渴望戴眼镜。 羡慕戴眼镜的同学，总缠着父亲假装眼睛看不清楚。 又羡慕转学离去或转学而来的孩子，不能理解为什么我们家从不搬家，常常不满父亲定在一处就不知移动。 最后一个愿望就是长期住院。 因为想穿着病人服躺在铺了白被单的床上，感受来来去去摸摸我的额头的护士姐姐温暖白皙的手，还曾经诅咒我没有一点儿发炎迹象的盲肠。 而现在我少年时期的最后一个愿望实现了。 虽然是靠着别人的力量实现的，效果却是一样。 换句话说，它是过了中年才悄然隐退的幼年残渣的象征。 也意味着残余的少年时期终止于第一次住院经验，堂堂进入成人世界。 住院期间，不仅对附属于我的一切，对总算成人的倦怠的中年时期让车子撞出的伤口，也有着强烈的爱。 醒悟到了这一点，使我非常惊异。

在医院住了一个多月才出院。 离家那么久才回来，总觉得吴先生待我的态度和以前大不相同。 他露出警戒的神色，对我敬而远之。 不得已有要紧事才一板一眼公式化地说两句。 我不想求他理解我过度强硬而可怕的变化。 也不可能为了理解我而劝他直接体验我所经历的事。 我相信总有一天时机成熟，不谈是非曲直的问题，他会再度以充满爱心的视角来看待我过去各种不得已的行动。

　　S形绷带下木柴般僵硬的左肩和手臂接受复健物理治疗时，我收到了等待许久的东林公司的通知单，在寒风瑟瑟的季节开始了我的职业生涯。

翅膀或手铐

传阅。 为了祖国的繁荣和公司的发展，夜以继日站在公司第一线努力奋斗的全体同仁： 为了对外展现我们东林企业的气概，形成我们同仁间的归属感及巩固团结力量，穿着制服的舆论相当热烈。 珍惜爱护公司如同己身的东林家族们的建议充满诚心。 董事长仔细研讨后，对此建议持肯定态度而促成"制定制服准备委员会"的成立。 同仁们皆知我们公司并非从未制定过制服。 生产部门早已不拘职位高下穿着统一服装执行任务，因而比其他部门更能发挥团结力量，提高生产。 女性同仁则不分部门穿着制服，建构了容貌优雅、气氛明朗的工作环境。 现在所有男性同仁也共襄盛举，是一项非常值得庆贺的成果。 冀望通过各课课长率领所有同仁积极参与，并纵谈个人意见。 董事长令。 企划室长敬告。

"好啊！干得好啊！"

"你求人家给你制服穿吗？"

"你这人脑筋有问题呀！我疯了，煽动那种舆论？"

"你呢？"

"我还没老糊涂呢！"

"这就怪了。 就我所知，至少我们里头没有一个人会唠叨什么制服。 那个'舆论'从哪儿来的？"

"到底哪个家伙的脑袋瓜会想出那样的妙案？"

"不看也知道，除了董事长还有谁？"

"不，搞不好是室长。"

"不管是董事长还是室长，一个老子一个儿子，有什么差别？"

"所谓舆论，本来不是指的大多数人有的相同意见吗？ 可只有一两个人，而且还是父子俩的脑袋里提出的意见，能理直气壮地称作舆论吗？ 说谎话不犯法、不出事吗？"

"当然没事儿。 不可能出事。 说谎不会出事，倒是对说谎的人挑明'你说谎'才会出事。 因为手里有权的少数人说一句话也可以成为舆论；没力量的多数人说几千句几万句也被人当是唱独角戏。 少数人假称多数的所谓舆论，一向蹂躏广大群众唱的独角戏。 换句话说，就像是以婚姻为借口的奸淫……"

"不管怎么说，实在太糟糕了。 如果穿了制服，不是告诉别人'如您所见，在下是三流公司的基层小职工'在街上做活广告吗？ 那种羞耻是可忍孰不可忍？"

"总之一句话，连我们一丁点私生活也全部被剥夺，大家以后每天只能喊'糟糕！糟糕！'了。"

"只差没背上广告牌，其实和'Sandwich man'①没什么两样。"

"既然到了这个地步，我们干脆志愿写个大招牌贴在背后，写上'洗后不缩水，免浆烫，东林企业木棉牌纤维产品'不是更好吗？"

没想到突然发下的公告所引起的风波这么严重，管理课办公室整个下午一团混乱。 职员们一伙一伙聚在一起，倾泻而出的牢骚内容大体如此。 当然，其中闵道植的议论占了相当部分。 他主要以俗语"衣服就是翅膀"为例，几次强调披了那种翅膀不可能在世间翩翩飞翔。他的话和认为将失去私生活的未婚职员于基焕的主张

---

① 译者注：三明治人。指身体前后挂广告牌的人。

正相通。

　　"我们整天在黏嗒嗒的东林企业——哎哟，抱歉，取消'黏嗒嗒'——总之，在跟一流二流沾不上边的公司当职员只限于工作时间。一旦下了班，没有理由要我们连在公司外边也摆出东林家族——虽然这是我特别不喜欢的一个生词——的样子呀！就是这一点是东林企业可以得到我的救赎唯一的因素。不是我得到东林企业的救赎；是东林企业得到我的救赎。可是以后得穿着象征东林的制服下了班去茶馆，去酒店；坐公共汽车，坐出租车；见朋友，见情人。举手投足都得意识到公司。这简直是场大悲剧。"

　　"对你兴许还是个好事儿呢！穿着制服在大街上随地撒尿，在车里抱着女朋友接吻。如果有人看不顺眼来挑弄是非，给他个头球顶回去，大吵一番。反正不满意这公司，正好看看它挨骂。不愿意的话，早早回寄宿房去洗洗脚躺在床上，可以享受守财奴的乐趣……"

　　"张先生好像是在讽刺我，所以把问题局限在我个人的情况。不能只注意细节，结果反而看不见大局。这不是我于基焕一个人的问题，是和东林家族——虽然这是我非常厌恶的一个词儿——所有的人格有直接关系的重大事件。洋鬼子穿着军服，一天的工作结束后，不管在营里营外都穿便服，将军和士兵彼此不顾忌对方的阶级自然融洽。 而一般老百姓的世界又不是像军队一样阶级森严的社会，却用制服之名给戴上手铐套上脚镣，其中藏有阴险计谋，要把人困在框里单一化、规格化。 哪一种更保障个人生活，更尊重个人自由？ 我们都该想……"

于基焕气焰高涨，让人担心他会不会说着说着把桌子给砸了。 他的话有道理，却得不到同事的尊敬，最根本的原因在于他的傲慢已臭名远播。 进公司不到一年，比有近十年经历的老前辈对公司有更多的不满，整天挂在嘴上唠叨。 那些不满在老资格听来却非常荒唐。 像他那样毕业于一流大学的精英不去一流公司而进了三流公司，都有一定的理由和打算。 他认为与其进入已具体制和规模的一流公司当个龙尾巴，还不如去未脱草创阶段的稚气，秩序松垮的三流公司一股气成个蛇头，那才是出人头地的捷径。 可实际进了公司才发现那是空想。 董事长的远近亲戚已占满所有高级职位，除非有意外，不然没有一点儿要让贤的意思，而且没有遵守当初聘用的条件。 像他这样特别拉角而来的精英，所谓"见习员"根本是个不合理的标签。 所以传言被一句"没出息"给套上帽子的于基焕已决心一有机会就跳槽到别的公司去，现在正努力地背英文生词。 即使并非他的本意，从结果来看，他迈着不满的步伐，自认只有像他那样已有所准备的人才是真正的人，真正的男子汉，真正的精英，而暗自瞧不起那些以为没有东林企业就会饿肚子，不敢动一点儿跳槽念头的老员工。 他像横流的稀粪，到处乱摆架子，老员工们早已将这个不畏虎的初生之犊视为眼中钉，恨得牙痒痒的。 以前谁不曾是个精英？ 以后那家伙有妻有子的话，让他尝点苦头，到时候等着瞧那张嘴里的"精英"，是不是还能说得那么顺溜。 所以闵道植想，现在大家虽然在同一条船上，万一到了非得把一个人推下去不可的情况，于基焕一定第一个掉到海里。

人们像达到沸点的茶壶正你一言我一语热气腾腾的时候，课长进来了。 管理课职员纷纷互使眼色然后一齐闭上了嘴回到各自的工作岗位。 课长是董事长的远亲。

"唔唔，这个，大家都看了公文了吧？"

没有一个人回答，只是放下手中的工作愣愣地瞧着问话的人。 课长差不多猜得到，他不在的时候办公室里谈论了些什么。

"传阅就是轮着看一看的意思，大家应该都看了。筹备委员会成立以后马上开始制做制服的作业。 唔，嗯，我们管理课推荐张祥泰担任筹备委员。 他知识非常渊博，审美眼光又高，我相信他一定能干得很好，绝不会比其他委员逊色。 筹备委员的任务是参加会议，代表我们课就布料、颜色、式样提出意见。 所以其他人不要因为不是委员就抱着隔岸观火的态度，要牢记这就是我的、我们的事，希望能随时向张祥泰或我提出有建设性的意见。"

"只是提意见吗？ 还是也拥有决定权？"

因课长降落伞式地推荐张祥泰为筹备委员，他被这顶凭空掉下来的乌纱帽压得愁眉苦脸，一脸事态严重地问道。

"筹备委员会决定的事项虽然不能照单全收，但也不是完全没有决定权。"

"那么，如果筹备委员会压倒性的意见是主张不要做制服，怎么办？"

课长一听"呼"地一下从旋转椅上跳起来，肥胖的身躯摇摇摆摆地向张祥泰走去，好像要扑倒矮小的张祥泰似的狠狠瞪着他，慢慢拿下眼镜。 不是不再瞪他，而是为了要摆出更凶狠的姿态，先擦擦眼镜。

"主张不做制服？ 谁胆子那么大敢主张？ 你那么想吗？ 你想煽动别的课一起主张不要做制服吗？"

连珠炮般一连串的逼问勒紧了张的脖子，然后课长滴溜溜在办公室里转了一圈。

"我也知道这是公司创立以来头一回，不可能没有人反对。 可你们也该知道一两个人的反对绝对扭转不了大势。 记住，公司十周年庆的时候，不管用什么方法，一定会做好制服让你们穿上。 如果不是决心不再和我来往，以后再也不要在我面前说空话。 小张，你还有什么话要跟我说吗？"

"不是有话说……其实我，我觉得我不适合这个任务，所以向您说明一下。 不论是知识或审美眼光，我想小于应该比我更合适……"

大家一致望向于基焕。 刚才课长不在的时候他发的满腹牢骚，不论在质的方面，还是在量的方面，大可趁着这个机会积极表现一下。

"我可没有戴乌纱帽的资格。 '见习生'的标签还没拿掉呢！"

小于的表情却比办公室里的任何人都冷淡。

"你们这是搞什么花招？ 戴不戴乌纱帽能随你的便吗？ 东林企业的课长你们以为是蹩脚的麻将搭子谁都可以上桌的吗？"

课长一声叱呵，传阅公文带来的制服骚动才告停止。到下班为止，再没有人为那个问题开口。

下班后，闵道植又像平常一样呼朋引伴，招呼一些酒

友到公司附近的茶馆去。 在公司从来不和同事打交道的
于基焕不识相地插上一脚，使得座上的气氛不像往常那么
一团和气。

"刚才没说完的话题继续……"

在茶馆一角一坐定，于基焕就先打开了话匣子。

"那么爱说话，在课长面前怎么不说？"

公认沉默寡言的柳铭中大异于平日抢白了一顿。

"在课里哪有我说话的余地？ 私底下在老前辈面前
才能说说我的想法……"

"那张'见习生'标签用得很方便嘛。 课里没有说
话的余地，难道私底下就有吗？"

张祥泰接着顶了一句，无异产生了给于基焕一巴掌的
效果，使在座诸人甚是称心如意。

"算了吧，大家的处境一样，互相揭疮疤对谁都没有
好处。"

闵道植温和的劝解将差点儿岔到别处去的气氛给抓了
回来。 这时服务员来了。 穿着白色罩衫黑色裙子的制
服。 噢，对了！闵道植这才想起茶馆服务员很久以前就
穿了制服工作。

"嘿，密斯尹，穿制服工作和穿便服工作有什么不
一样？"

"哟，这问题可新鲜了，闵先生第一次看我穿制服吗？"

别有居心的男人们和茶馆服务员搭话的固定方式，大体上先从衣服开始，慢慢把话题转到衣服里面的部位。密斯尹大概也那样解释了闵的用意。她两臂圈着圆形托盘的边缘撑在腰带上，两腿绞成麻花形，一副准备好迎接老顾客淫声亵语的架势。

"可以当你公公的人在向你问话，老老实实回答！"

"没什么不一样呀，不管穿制服穿便服，里头该穿的都穿了，该戴的都戴了，都一样嘛！"

一提出有关衣服的话题，小姐就以"无"胸衣开始，念头只绕着"无"打转，闵道植觉得再没必要问下去。这小姐不仅不知道制服和便服有什么了不起的差异，简直是完全没有感受。和这样的女人除了说些露骨的下流话以外，如果谈别的事情，真是说一句浪费一句，说两句浪费两句。

"共同点只不过是那个的话，如果有什么不同点也就是那么回事了。"

张祥泰说。

"密斯尹脑子里想的只有专门在女人身上'弹钢琴'的人。在我们这种斯文人看来，制服一定有什么规矩稳重不一样的地方。 如果从来没感觉到，那简直不像话。"

于基焕对这些以几近强迫式手法硬逼出答案还自负为斯文的老顾客更加失望。 越是没有几套像样衣服的女孩，越不需为衣服伤脑筋多花钱，客人也不嫌弃，比起便服她们当然更喜欢穿制服。

"这一伙人真叫人寒心。 更叫人寒心的是这世界上让人寒心的族类出乎意料得多。 密斯尹就是其中一个例子。"

密斯尹带来的失望引起了于基焕的高谈阔论。

"那个服务员如果读的是女校，上高中的时候一定不止一两次觉得腻烦。 所以说不定曾经偷穿妈妈的衣服，像野猫一样在不当的时间偷偷进入校规禁止出入的地方，享受过那种万一被发现就可能被退学的冒险乐趣。 穿制服的女子高中学生心中怀抱的最大愿望就是快点儿毕业进入社会，用自己满意的衣料自己满意的款式定做衣服，随自己高兴穿着到处炫耀。 可是那位出社会还没多久的密斯尹的现实情况怎么样？ 全天候穿着一点儿也不相称的制服，花一般的青春像用盐腌过的的青花鱼失去了活泼朝气。 密斯尹只不过是这个茶馆的一个服务员，不是密斯尹了。 本来有方法可以保持既是密斯尹又是服务员的身份，可密斯尹已经放弃当密斯尹了。"

那些话好像故意说给谁听似的，让闵道植心中微微一震。

就像不同颜色和款式的便服表现每个人的个性，制服是透露一个集团的性格的象征之物。让一个人穿上制服，那么那个人以自然人的身份享受的一切自由和权利便被抑制被束缚，而让集团所赋予的责任和义务"哼唧哼唧"拖着走。穿着制服过了一辈子的人很多，作为集团的一员，代表那个集团、为集团奉献的时间，比为自己而活的时间占了压倒性的优势。

这个年轻的小伙子好像故意算计好要说给谁听似的，正刺中了闵道植最疼的一点。每当望着一身阴沉沉灰色制服的父亲，年幼的道植因为渴望看看父亲像别的孩子的父亲一样穿着西装的样子，而早早望白了头发。刑务所改称为监狱以后，该死的制服却一点儿变化也没有。穿着制服的父亲不是真的父亲。从来不曾光明磊落地公开父亲的职业是监狱看守，懂事以后才知道看守和囚犯其实没有什么差别，都是被关在监狱里的人，从那时起更是不肯提到父亲的职业。父亲年纪大了退休后脱掉制服，儿子长久以来的愿望虽然得偿，可已经太迟了。即使穿上了西装，父亲身上仍然散发着灰色制服的气息。正如于基焕所说，父亲早已放弃了做"自己"，终生依赖制服过日子。

"当然我并不是说完全不可能过双重生活。 同时带着制服和便服，可以随时依需换着穿。 作为组织的一分子贡献力量时穿制服；想要过个人生活时穿便服。 我的意思就是以这种方式。 可是一两次还可以，一年四季都过双重生活是不可能支撑下去的。 因为随时换衣服本身就是非常麻烦的事。 一旦觉得麻烦惰性就来了。 染上惰性的人很容易便向某个方向倾斜。 所谓倾斜不是任意的选择，而是在两个极端之间不知不觉被磁力较强的一端牵引。 穿制服可以兼顾团体生活和个人生活，但穿便服可以过个人生活却不可能过团体生活。 所以大部分人很容易倾向制服，而自然地被组织倾轧，动弹不得。 组织社会可怕的地方就在这惰性。 他们知道适当地利用人类最致命的弱点。"

"那边那个家伙从刚才就形迹可疑。"

柳铭中突然用下巴指指对面低声咕哝。

"那不是我们公司生产部的人吗？"

张祥泰的口气有点儿意外又有点儿高兴，但也把嗓子压得非常低。 一个男子穿着胸前有东林企业标志的牛仔布工作服，独自坐在角落里喝茶。 确实是生产部的员工。 看起来年纪很大了，安详斯文，不知从哪儿来的一股书生气息，说不定是干部级员工。 他明明知道这群人都意识到他的存在，仍然在一口一口喝茶的空当侧耳偷听。

"我敢保证他从刚才就一直注意听我们谈话。"

柳铭中仿佛愿意为自己的话盖章作保，非常肯定地说。 那么，他是个没有任何理由可以让人高兴的人物。

"想偷听的话叫他尽管听吧。"

虽然气势高涨的于基焕仍在继续大放厥词，但老资格们很清楚，对在旁的偷听者置之不理，从某方面来说无异于自杀行为，绝不能任他如此放肆。 意识到生产部职员的存在后，整个气氛降到了冰点。 他们赶紧决定彻底反对制作制服一案，而对张祥泰参加的筹备委员会即将展开的活动寄予厚望，最后祝他出师大捷，便离开了那个茶馆。 就某一方面来看，他们颇像一群喝醉的酒客。 可不是吗？ 虽然清醒得能充分意识到生产部职员的存在，却完全不考虑坚持推动自己的决议会带来什么后果，陶醉于刚才的高谈阔论中。

和同事分开后向着公共汽车站走去，闵道植在往来奔忙的行人中惊异地发现竟有许多人穿着制服。 这让他陷入一个错觉，仿佛到昨天为止还完全看不出那种迹象的街头，今天突然换了一副面貌，制服四处泛滥。 除了路上触目皆是的军人和警察，各级学校的学生，义务交通指挥员和模范司机，大厦或饭店入口的警卫，穿着"新生活运动"制服的模拟公务员或垃圾收集工，各种餐馆酒家门口紧贴着来客九十度弯腰鞠躬嘴里高喊"欢迎光临"的男女服务员，各种饮料或化妆品推销员，一群群聚在一起边走边吃零食的银行女职员或女办事员——这些本来就是穿制服的人，为炫耀自己是著名财阀的公司或大企业的职员而穿着公司特有的制服在街上昂首阔步的男士也不在少数。偶尔还可以见到一个穿着有名的纤维产品制造和出口业 K 织造公司——东林企业吴万汉董事长最大的竞争对手——棕栗色制服上衣的年轻人。 闵道植更觉惊异的是，看起来像大学生或复读生的年轻人的世界，似乎也可见制服的威力渗透到深处的痕迹。 不是指"学徒护国团"[①]，而是指穿着用同样的布料花纹同样的设计做成的和制服无异的外出服，雄赳赳气昂昂在街上来往的男女。 他还见到更怪异的，有三四个女孩儿上衣胸前挂着"U. S. ARMY"[②]

---

① 译者注：李承晚时代为提高学生的爱国心及思想统一而成立的学生自治团体。
② 译者注：美国军队。

的刺绣胸章，背部及肩上连伪装的网状线条和肩章都一应
俱全，显然是模仿美军军服。 好像听到宣告僵硬无趣的
制服时代即将来临的喇叭号声，闵道植的耳朵嗡嗡作响。
也穿着制服的检票员推着乘客的背催促快点儿上车，又推
着背催促快点儿下车，好不容易到了家。

"今天在外边儿发生什么恼人的事儿了吗？"

道植的妻接过丈夫脱下的衣服挂在衣柜里，小心翼翼
地问。

"没有好事儿，怎么会有坏事儿？"

随便答了一句，道植让两个缠上来的孩子坐在膝盖上
逗闹撒娇。 端详着孩子们的脸蛋，深深体会到所谓的
"三代"以具体的形象迫近眼前。 父亲穿着制服度过了
一生；他的儿子也许即将穿上制服；那么到他的孙子一代
受制服影响的概率将渐渐提高，还是将渐渐降低？ 他们
的时代能是个没有制服的世界吗？

"果然有什么事儿啊！"

丈夫不寻常地紧盯着孩子们的双眼，好像想在里头搜
寻什么似的，妻惊慌地变成了这个家里的第三个孩子。
推开两个孩子，她紧紧偎在丈夫膝盖前：

"说说嘛，什么事儿？"

"哪有什么事儿……"他本来要露出不耐烦的神色，

突然又改变了想法，"万一，我每天穿着公司的制服上下班，你的心情会怎么样？"

"只不过是制服？ 我还以为……"

一听完他的话，妻极其快速地恢复了成人姿态，然后咯咯笑得甚至让还一本正经的丈夫觉得羞愧。

"又傲慢又吝啬的董事长终于下决心喽！太好了！第一省了置装费，第二上班的时候不必张罗衣服，多好啊……"

隐隐有"我早知道会如此"的意思，妻又咯咯笑了起来。 其实妻是有可能那么想。 因为间或有所听闻，妻对董事长这个人挺清楚。 她笑得那么开心也并不过分。 已有两个孩子的家庭主妇，托丈夫的福成了即时打造的女职员，冒充未婚姑娘上电视表演过。 那时，妻和很久前便断了因缘的制服有了重逢的机会。

虽然号称创业十周年而大事铺张喧闹，但其实如果从东林企业的前身—— 一片小店面——开始算起的话，吴万汉董事长的经历远超过了十年。 在家庭手工业阶段，吴董事长的财产仅有几台旧式纺织机和缝纫设备，他发迹的过程今日已如传奇故事般在公司内流传。 他把小规模生产的棉织品分给家人，谎称是保税加工产品，背到朴实的乡村贩卖。 在对"保税加工"还非常生疏的时代，他已经在这方面先具慧眼，略施小计打下了根基。 后来正式成立了东林企业，便不再使用诡计，而是真正插手保税加工事业。 以家族为中心的经营方针却跟在小商店时期一样不仅没有改变，据一般评论来看，反而有过之而无不及。 董事长非常不喜欢花费巨额广告费在报纸或广播媒体介绍宣传公司的产品，甚至鄙视那种行为。 他认为宣传一项产品的名称效果非常短暂，唯有塑造公司的形象才能长生不死。 为达此目的，他不花钱而动心机。 常常如捕鼠器般在触手可及的报纸或广播媒体一角藏上一段美谈佳话之类的小文章。 一来差使有点儿文笔的男女职员在报刊读者投稿栏，或以业余随笔作家的身份，采用间接语法让公司扬名四方。 二来派遣职员积极参与广播台或电视台举办的各种主题活动，甚至动员职员家属参加以家庭主妇为对象的猜谜大会或夫妻组成的比赛。 事前千叮万嘱，在介绍丈夫的单位时，作为妻子的应从头至尾保持幸福的微笑。

闵道植的妻子参加的节目，是全国各工作单位的业余音乐对抗赛。 同事们知道道植的妻大学时专业是声乐，很带劲儿地推荐她，她便在一夜之间成了总务课的打字员。 又临时高价聘请一位具专家水平的女士一起成为主战选手，几次上电视发挥超群的实力，将东林企业队一路开疆扩土打进年底决赛。 虽然在准决赛时失手，但已让全国观众对东林企业有了深刻的印象。 她作为一个贤内助功不可没。

"当妻子的人，比起丈夫单位的董事长，对自己的丈夫了解得更彻底。 不是因为曾经当过不支薪职员穿过那个公司的制服才这么说，你们董事长是什么人物我很清楚。 可是我更了解你。 我完全了解你现在的心情。 可是，这不是大势所趋吗？ '树大招风'，我希望你圆滑一点儿。 我觉得把制服当作一种商业战术，或者只是遮掩身体的可以被穿在身上的一种东西，重要的在于人的精神状态，制服本身没有什么意义。"

她用诚挚的表情说了些令人费解的话，看来是努力地想安慰别人。 所以之前无心的咯咯娇笑带给人的轻佻之感也减少了许多。 丈夫因制服而产生的自卑感，妻子比谁都清楚。 道植突然后悔把在公司沾染的制服气息带回家里。

筹备委员会开会了。 筹备委员会也结束了。 借张祥泰的话，"会议一开始便结束了"。 委员会通过的案件内容大致如下：

制服分春夏装和秋冬装两种，只制作上衣。 春夏装在换季时才决定，目前先制作秋冬装。 使用本公司生产的藏青色纯毛西装料，将猎装改成接近西装的款式，公司名称和标志用黄色丝线绣在左侧口袋上。 不拘职位高低全体职员的制服式样相同，共同定做时由公司负担一半费用，个人定做则由本人负担全额。 近日即决定日期请公司指定的西装店前来量身，以期于创业十周年纪念日完成作业。 请全体职员积极合作……

"代表职员的筹备委员们做了什么？"

"可不能只用那种追究责任的口气说话，铭中你自己参加恐怕结果也一样。"

"把假定我去参加和你实际去参加放在同一个立场来讨论结果，简直没道理。 公司承诺通过筹备委员听取员工的意见以后才决定。 可是连建议的机会也不给，好像紧急事故似的只召集委员会就单方面强行通过案子。 和原来说的不一样嘛！"

"是啊，我也记得当初是那么说的。"

"他妈的，你以为我是企划室长，还是董事长？ 叫我怎么办？ 怎么都冲着我闹？"

"闹的人是你。 没有人要求你当东林企业全体员工的代言人，可至少我们课里的意见也该转达，不是吗？不是通过不通过的问题。 我认为既然受了委托至少应该表现出负责任的态度。"

"会议一开始，叫我们好好听着，企划室长朗读了他们拟好的草案。朗读完问我们听清楚了吗。大家只能点头。然后叫有问题的人发言，大家都愣愣地坐着，室长得意地歪起嘴角一笑，然后说没有问题的话就是全体赞成原案，照章施行不再修正。谢谢大家对公司的发展拟行的重要事项如此合作一致同意。在那种情况下，就算有老虎胆也不敢动一根手指头。"

"张前辈的话好像有逻辑问题。开会不是约会。尤其是劳资双方的会议是借会议的形式展开的一种战争。资方用各种手段推动计划是当然的。必要的话，站在劳方的立场，别说做老虎，还要做老虎的爷爷，该计较的计较，该反对的……"

"所以我一开始怎么说了？我不适合干那种事，叫你们让小于去嘛！"

"事情都了结了，现在还吵什么？制服都已经有一半穿在我们身上了。"

闵道植出面平息剑拔弩张的气氛。

"组织筹备委员会召开会议从一开始就只是个形式。公司对内对外都必须建立这样一个形象：老板并没有独断独行，而是征求员工意见得到全体支持才做决定。现在只有两条路了，要不找到剩下的另一半好好地穿上；要不干脆把硬穿在我们身上的那一半脱掉，各自决定吧。看那边，那个人从刚才就一直在暗笑。以后别再谈制服问题了。"

一个穿着生产部工人制服的男人朝他们歪着身子，嘴角挂着古怪的笑容。张祥泰一看到他就冒起一股无名火，大声叫密斯尹：

"喂，告诉那边那个人我要见见他！"

密斯尹睁大了眼快步跑去，还未靠近对方就先站了起来。因为张的大嗓门让他听得清清楚楚。

"您叫我吗？"

他仍然带着笑容的脸正面对着张。

"你是什么东西？为什么从昨天就偷听别人说话暗笑，有什么好笑？"

"如果让您觉得我在笑您，请您原谅。我并不想偷听，先生的嗓门大得让我坐在那儿就听得到。从谈话的内容看来各位在东林企业工作，所以我也不知不觉关心起来。"

"嗬，嗬，你也是东林家族之一喽。哪个部门的？"

"生产部第一工厂。在那儿打杂。"

"叫什么？"

"权。"

"名字叫权？ 姓也报上来。"

"敝姓权。"

张祥泰显然以为碰到个好欺负的人，打算拿权当玩物一消心中之气，便悄悄向同事递眼色，要他们一起耍耍的意思。 可闵道植第一眼就觉得他绝不是好对付的。 他很有耐性依旧带着笑。 那不是生产部工人接待本公司事务职员时一般所有的卑屈表情，但也没有敌对的意思，明显是一种自信的表现。 厚实的嘴唇大大的眼睛，是非常显眼的特征。 矮小的身材和张祥泰不相上下。 实际年龄可能只比张大个一两岁，但脸庞却显出至少多经历了二三十年风霜的气概。 那可以视之为所谓的"教养"，让人无法相信他是自己所介绍的"打杂"工人。

"你是不愿意报名字吧？ 好，那么我们谈的和你做的杂事有什么关系，你要连着两天表示关心？"

"是没什么关系。 可是原来一方面有人在工作的时候被碾掉一只手臂，为索求代价而进行斗争；另一方面却有人因为被套上一件衣服而拼上自己的人生。 所以觉得不能忽视这个问题。"

一刹那张祥泰的脸白得发青。 在他支吾着说不出话来的时候于基焕站了出来。 于也像张一样使用非敬语，口气全不考虑权的年龄：

"手臂虽然重要，可衣服的重要性也不比手臂低。换句话说，捍卫自己的服装和找回手臂的价值是一样的事。如果认为手臂先于衣服而嘲笑我们，那你就太无知了。"

"所以光坐在茶馆里为手臂抗争呀？"

接着小于声援的力量——张再度加入作战行列，嘴角一歪一撇的。

"我想奉上一句话。尊严和生存权同等——衣服重要，手臂也重要，我完全同意。因此，瞧不起索求手臂代价的人而使用非敬语的态度应该谨慎。就像各位先生有手臂，我们也非常需要衣服。又得回去看看了。董事长不接受会谈，我每天像这样白费力气。"

手臂和衣服你来我往谈了半天后，权姓工人向张和于次第行了注目礼，便飞快走出了茶馆。

"打杂的工人，妄自尊大！"

张啐口水似的边说边盯着小于。小于不搭理他，转向闵道植问道：

"公司好像非推行不可，我们以后怎么办？"

"不是说了事情已经完结了吗？大家自己看着办！"

果然，公司在创业纪念日前夕，一鼓气推动进行所有预定的计划。

第二天，为准备以部门为比赛单位的运动会等公司创立以来最大规模的纪念活动，本来就一片忙乱，突然来了一群拿着软尺的西装店裁缝师在各个办公室巡回，使得公司所有的业务实际进入停顿状态。两人一组的裁缝师，一人量身喊出尺寸，另一人记录。闵道植茫然地望着脱下外套穿着衬衣的同事们，他们在裁缝面前傻瓜似的张开双臂量胸围，转过身去量背宽。他在轮到之前便悄悄溜出了办公室。

"闵先生，一块儿走。"

于基焕不知什么时候跟在了后面，在道植经过警卫室前时叫住他，一起走向了茶馆。

"昨天你跟生产部的人说的话……是真的吗？"

"什么话？"

"衣服的重要性不低于手臂。"

"怎么，闵先生也真是，连那一点儿信心也没有就从办公室跑出来吗？"

"在见到那个姓权的之前我一直是那么想的。可听了他的话以后，不知道怎么的我有点儿动摇了。在这种动摇不定的情况下我觉得什么也不能做，所以尺寸也不量就跑出来了。"

"我们和生产部做的事不一样，争取的形式也不同，但其实我相信手臂和衣服完全一样。对我们而言是衣服的部分，对他们而言是手臂；对我们而言是手臂的部分，对他们而言不是衣服吗？"

"倒不一定只是那一点。或许掺杂了许多空架子的是我们的衣服；没有空架子只有实相的才是权的手臂。"

"我自由与生存同等重要的理念永远不会改变。"

"那当然。我的意思是，我们穿上制服所被抑压的个人的私生活，会像他们失去手臂生计受威胁一样那么迫切吗？换句话说，激烈程度的差异有多少。"

他们正谈着，有通东林企业打来找闵先生的电话。

"我知道你会在那儿。是我，张祥泰。于基焕也跟你在一起吗？"

一拿起话筒就传来张祥泰又低又快喧哗的声音。

"你得立刻回来。课长火冒三丈刚才去了董事长办公室了。"

"裁缝师都走了吗？"

"还在别的办公室转。恐怕得在那些家伙离开前回来才能太平无事。"

"现在不想回去。你告诉他们有朋友来找暂时出去一下。"

"量身没关系嘛，穿不穿是以后的事儿，何必呢？"

闵道植把电话给挂了。 过了好一会儿，又有电话找闵先生。

　　“是我——课长。 你知不知道你们现在采取的行动会招来什么后果？”

　　话筒里劈头就是一阵叱呵。

　　“我知道你们对这件事不合作。 背地里到处发泄不满，以为我不知道？”

　　课长继续教训着。

　　“挂了电话马上去董事长室！跟我之间的公事已经完了。”

　　董事长完全没有生气的样子。 他坐在待客用的沙发上，耐心地望着小心翼翼地走进办公室坐在沙发对面的两个职员。

　　“听说你们对制服有独到的见解。 说来听听吧。”

　　真是令人难堪的要求。 所谓听听就是对根本不听的强烈意志的反讽。 因为知道这一点，所以两人一句话也不说。 不能说。

　　“我也是彻底想清楚才下的决定，得到员工代表的支持而施行。 反对的人一定也有个人充分的理由。 老闵你先说吧。”

董事长一边说着一边劝烟。 是青瓷牌[①]。 闵道植一看那是青瓷牌，差点儿没掏出自己口袋里的龟船牌香烟，突然想明白，便低着头接过董事长的烟。

"不用着急，慢慢儿说。"

闵道植一点儿也不急。 但局势已经如此，也没什么可顾忌的。

"常言道，衣服具有保护功能和表现个性的功能。我们对服装所期待的，我相信具有这两项就很充分了。虽然您认为制服可以建立员工之间的归属感使公司更有发展性，我却觉得通过那种方式所获得的团结力量，比因制服的扼压使人的个性萎缩，和因团结力量的围堵使自由自在的创造力退化，带来的损失更大。"

"说得好。 可是那应该是在决议施行前说的话。 获得大多数员工支持已经付诸实行的现在，情况就不一样了。 而且是企业的发展团结更重要，还是创造力更重要的问题，应该由我来决定，而不是你。 更何况如果说因为穿了制服，昨天还有的创造力今天就突然消失，这话一点儿说服力也没有。 老闵，难道你认为很早就开始穿制服的 K 纺织公司没有创造力随随便便就能够混到今天的

---

① 译者注：20 世纪 60—80 年代最便宜的劣质香烟。

地位吗？"

"K纺织公司的情况不一样。"

一直默默不语的于基焕突然插嘴。

"喃，是吗？怎么不一样？"

"放弃穿着符合自己个性的衣服的权利时，应该有一定的高于那之上的补偿。在这一方面我觉得K公司的企业精神很了不起。"

这时隔壁房间起了一些骚动。董事长办公室门那边的女秘书和一个人争执着要进去、不准进去。听到那声音董事长的脸色突然一变。

"你们即使不闹，我也有许多复杂的事情要处理。小于憧憬K公司的心情我能了解。可是为了不久的将来也让别人羡慕你们，我非常努力，你们不是也该积极合作吗？在那之前如果不能忍耐不肯合作那就没有办法了。你们得有心理准备，这种事情总有谁要牺牲的。"

"我明白是什么意思了。我牺牲就得了。劳动者也有权利。进公司虽然不能随我的便，出去可就随我高兴了。"

于基焕愤怒地从沙发站起很快走向门口。这是眨眼间发生的事。一个男人和冲出办公室的于基焕错身而过手脚利落地闯进来。是在茶馆见过两次的生产部姓权的打杂工人。 他一进董事长室就向闵道植瞪白眼。 因于基焕的突发行动吓了一跳的道植，又让姓权的凶恶的表情吓了一跳，迟疑不决地立起上半身。 姓权的不断发出无声的威胁让他快点儿离开。

"对不起，董事长，我一直挡着他他还是坚持……"

董事长向后边追着进来的秘书摆摆手，说：

"请进，老权。"

为了情况比自己更紧急的人，闵道植不得不退出董事长室。

"好好想想下个决定。"

门完全关上之前，董事长粗糙的嗓音从后边追上来。

"打电话去张先生家，张太太接的。 说他一大早穿上新做的制服上班去了。"

在妻的唠叨声中开始了创业纪念日的早晨。 道植的妻一直担心地瞧着丈夫。 去举行运动会的第一工厂必须比平日更早出发才行，丈夫却磨蹭个不停。 听说一个小伙子为了制服问题而辞职，她简直不敢相信。 她坚信不是职员提出辞呈，而是被炒了鱿鱼。

"那种小公司不值一提。 他以为我除了那公司就没有讨口饭吃的地方？ 世界上不穿制服的公司多得是！"

他将妻的唠叨催促大声顶了回去。 但最后虽然晚了，闵道植还是出了门。

到达远离市区在郊外建地宽敞的第一工厂，开幕典礼已经开始。 看到工厂大门铁栅栏后一片藏青色的运动场，闵道植突然觉得一口气堵在喉头。 所有穿着新制服的男女职员按照部门，军人似的列队森严，仰望站在讲台上的指挥者的手，"哼哼"干咳两声，清清嗓子做合唱前的准备运动。 不一会儿，工厂里响起了高亢喧嚣的歌声。 唱歌的职员们仿佛在共同嘲弄迟到的员工。 藏青色的制服团结一致，强烈拒绝唯一穿着便服者的气氛缠绕着他。 弥天盖地的制服中，只有他一个人孤独地落在远处。 自己一个人不参加，运动会开幕典礼却能不痛不痒照常进行，闵道植非常生气，又感到无限孤寂。 没法儿从大门进去，又不能往回走，他仿佛永远不会移动的雕像被钉在了原地。

苍白的中年

在东林企业第一工厂当杂工的权基勇对女工安顺德特别关心，大概是从他进公司后一个月左右开始的。 当然，他所表现的关心不是成年男子和成熟的女人交往时那种怪异的情愫。 只是出生较早吃过许多苦的人对出生较晚没吃过什么苦的人所流露的近似兄弟的感情。 如果安顺德像把家居服换成外出服一样，可以在一夜之间轻松地摆脱生活的煎熬，老权就不会对她表露独特的关心了。

这个女孩不仅目前看来生活极为艰辛，而且几乎可以确定她以后将受到更多磨难，所以让老权一眼就发现了她，给了他一个机会可以向和自己毫无关系的人付出爱心。 老权睁大眼直直看着安小姐时，她正"喀喀"咳个不停。 几天后就要施行每年公司为员工举办的定期健康检查了。

中餐时间。 实际上老权对"中餐"一词颇觉遗憾。一向在近乎个体概念的小规模社会中辗转的老权，一晃眼卷入了一个大规模集团中，换句话说，成为行动被统一被压制的组织中的一员。 而提醒他这个事实的几个具体事物中其中一个就是所谓的"中餐"。 有谁敢说"中餐"和"点心"完全一样？ 比起意义相同的部分，它们更属于完全异质的存在。 如果个人在白日自由自在地进食叫点心，中餐就是不自由的团体用餐。 第一天到工厂上班，十二点半，扩音器一流泻出轻音乐，工人们立刻放下手中的工作奔向车间外边。 老权愣愣地望着他们的背影。 他任职的生产第二课课长朝他走来很郑重地说："权先生，中餐时间到了，一起去食堂吧。"他这才重新对团体社会有了切肤之感。 中餐开始的同时，上午始于08点的工作当然就结束了。 老权只熟悉十二小时制，又和组织团体专用、令他有疏离感的二十四小时制发生了冲击。 就像中餐与点心的差异，08点和8点是性质完全不同的时间概念。 总之，就是在中餐的时候。

一如平日，那天，员工食堂也像难民营似的涌进大群饥饿的工人。 打杂工老权身材瘦小，不想硬加入那些范疆张达之辈的骚动中，和争先恐后的年轻人足可熔铁断金的食欲较量。 整个早上游手好闲，没做什么可称之为"工作"的事，也不觉得饿，而且不像其他工人受工作钟声的严格管制，因此打算稍微空闲的时候才吃，便离开食堂往工厂角落的材料仓库走去。 那是工厂里最安静的地方。 他想在那儿享受秋阳，让全身晒得软酥酥的。

老权发现材料仓库后边有人捷足先登，是个女工。一个身穿深蓝色工作服的女工坐在水泥地上靠着墙壁，孤零零地吃饭。 以老权的标准来看，那不是中餐而是点心。 如果只是单纯地吃个点心，老权就会悄悄离去，不妨碍一个女工背着人进行她的重要活动。 原则上公司禁止在食堂以外的地方进食，但挤得没有座位的时候，偶尔可以看到女工两三人一伙儿打了饭，在食堂外边人们不注意的地方用餐。 这位女士到了离食堂相当远的仓库后边，而且孤单一个人没有搭伴儿，这并未让老权觉得有什么特别。 特别的不在于吃饭本身，而在于吃饭的方式。她不用食堂提供的塑料托盘，却把装在那里头的饭菜全倒在塑料袋上，从口袋里掏出自备的汤匙"呼呼"地搅拌一番，这才开始吃饭。 真是奇怪极了的景象。 看见那奇怪的样子，老权立刻打消了避开她的想法。 他屏住呼吸在角落里仔细观察女工的行动。 她似乎没有什么食欲，一副不得不吃的样子，懒洋洋地送一口饭到嘴里，也不咀嚼，径自抬起头愣愣地望着远山。 是安顺德。 低着头的时候，那么多女工分不清谁是谁。 一抬起头便看出她是和自己同在生产二课负责用裁布机剪裁布料的安小姐。她似乎完全忘了嘴里的饭，用手指捏起黄得令人毛骨悚然的腌萝卜懒懒地送到嘴里。 那是会让别人也倒尽胃口的一景。 顺德吃着吃着突然双手掩住脸庞"喀喀"大咳起来。 老权看到这，便悄悄转身准备离去。

"喀喀……大叔……喀喀喀喀……"

这时背后传来混着咳嗽的叫唤。 老权转过身望向发声处，顺德霍地站起：

"大叔……"

为了止住咳嗽她似乎费尽了全身之力，仍"喀喀"咳个不停。 老权一瞬间在这女工痛苦扭曲的脸上读到极端的恐惧，不禁打了个寒战。 他醒悟到那恐惧不是她坐在水泥地上时就已存在，而是自己出现后才突然产生的。

"什么事？"

"求求您，闭上眼装作没看到。"

真是万幸咳嗽止住了。

"闭上眼？ 做什么？"

"别装糊涂。 我是说我咳嗽的事。"

半是不耐，半是哀求。

"只是那回事？ 那点小事儿有什么难！"

还没搞清来龙去脉，他就很爽快地答应了。

"真的吗大叔？ 真的吧？"

"是啊，我说了嘛。"

顺德一听，脸色豁然开朗，高兴得仿佛要跳起来。然后又开始大咳。 老权一边想"既然行动奇怪，请托当然也很特异"，一边离开了仓库。

"求求您，闭上眼装作没看到。"

那天整个下午，安小姐的话让老权如鲠在喉。

"别装糊涂。 我是说我咳嗽的事。"

和那句话同时出现的恐惧的表情也在眼前挥之不去，所以不知不觉视线总向安小姐工作的位子投去。 而安小姐也好像感觉到这头的动静，和老权视线相交又慌慌张张地别过脸去。 实在弄不清究竟。 独自躲在僻静的一角吃饭，剧咳。 她自己一个人的时候咳嗽好像只是单纯的生理现象，一看到老权突然变成了恐惧。 苦苦哀求对咳嗽一事闭眼装作不知，答应她之后高兴得不知如何是好。好像最近孩子们流行的打谜语： 除了火车以外最长的车是什么？ 背后隐藏着"塞车"一类异想天开的答案。 对工厂内部情况还不甚清楚的老权甚至想拿着扩音器大声询问那难解的谜。

"一起走，大叔。"

下班后在车站等公共汽车，安顺德令人惊讶地穿着一身体面的淑女装而不是工作服，靠近老权身边低语。

"今天不是夜班吗？"

老权忍不住一脸愕然，好不容易问了一句。

"想和大叔认识认识，得了组长允许才出来的。"

安小姐两颊潮红轻轻地说，好像马上会爆发一阵咳嗽似的。

"你家在哪儿？"

"大叔呢？"

"城南，在京畿道。"

"去城南坐几路车。"

"先到永登浦站，坐什么都行。 到了那儿有市内公共汽车，也有长途大巴。"

"那我也去永登浦站。"

老权做梦也没想到和安顺德坐上了同一班车。 奔驰的车内，他很想问清楚整个下午在心中萦绕的问题，但顺德似乎顾忌周遭的视线，摆出一副陌路人的样子，老权也只好一声不吭。 在永登浦站，两人各自付了车费，保持一段距离先后下了车。

"找个安静的地方谈一谈再走，大叔。"

顺德说。 老权随着她进了附近一家茶馆。

"今天吹什么风，我来上班一个月了，只摆张冷面孔，今天突然想认识认识。 实在搞不清你为什么。"

在茶馆角落一坐下，老权迫不及待先开了口。

"明明都知道，干吗这样？ 我们猜的'阴险大叔'一点儿也没错。"

"我们？ 阴险？"

"现在只有大叔跟我两个人，没必要这么装糊涂吧？"

顺德嘴角微微露出笑容。 这时服务员来了。 老权点了咖啡，顺德点了煮蛋。 服务员走后，顺德一本正经板起脸，上身往前伏在桌上：

"大叔答应睁只眼闭只眼，我感激得差点要掉泪。为了忍住咳嗽费了好大的劲儿，尤其被大叔看到的时候更是要忍。 可……"

"我看到你咳嗽不行吗？"

"开玩笑别太过分。 大叔也看到了我有多小心。 怕传染给别人，所以中饭总是一个人到外边儿吃。 托盘和调羹也尽量小心不碰到嘴。 咳嗽已经很久了，可是不确定是不是真的有病。 不仅经济不允许我上医院，我也害怕去。体检的日子越来越近，我担心得觉也不能睡。"

啊啊！原来是那回事。老权在心里大叹。怎么早没想到是肺结核呢！他想起了按部门分列的生产线集中在像礼堂那么大的车间里，空气中时时刻刻扬满了灰尘且臭气熏天。疑团总算解开了。"求求你，闭上眼装作不知道。"谜底不是风马牛不相及，而是相当悲惨。

"现在有很好的药，那种病很容易治好。不要那么担心，小心身子。还有，我一定守诺言绝不对任何人说，你对我尽可以放心。"

老权说。他对坐在眼前的女工有无限的恻隐之情，自以为这话充分表达了安慰。可顺德"嗖"地往旁边一转，表情突然变得冰冷无比：

"容易治好？谁不知道？到完全治好之前谁来养我妈妈我弟弟妹妹？大叔吗？您太过分了。您以为女工可以随便摆布所以随便那么说吗？"

顺德突然把脸伏在桌上，两手抱着头"呜呜"哭了起来。老权尴尬极了。他像安抚自己的小妹妹似的抓住了顺德的手臂：

"如果你觉得我说话太随便，那真是对不起。我来这儿上班不久还不清楚工厂的情况，可你也知道我没有摆布你的资格。对一个连工人也比不上的打杂的那么说话，反而是安小姐对我太随便。"

"打杂的？ 大叔吗？"

顺德忽地抬起头，老权看到她的泪水后闪过一丝厌恶。

"您坚持要这么戴假面具的话，好。 现在实际情况您都知道了，随便您拿我怎么办吧。 从工厂出来的时候我就有心理准备了，不管发生什么事，今天晚上绝不放大叔走。 别说旅馆，叫我下地狱我也跟着去。"

老权猛一下撩起了手，但到底没能打得下。

"你几岁了？"

顺德没有答话，露出像是嘲笑他"连我几岁也不知道"的表情。

"大概不过二十左右。 二十岁的人把那种话挂在嘴上，证明你不仅身体，连精神也病得厉害。 安小姐现在对我这个人肯定有误会。 我是个没有力量帮助你的人，同样的，我也没有害你的念头。 你听好了，二十岁的处女是块宝，好好珍惜着，结婚的时候把这个珍贵的礼物送给你爱人。"

老权说完便站起来，顺德却紧紧抓着他：

"以前其他姑娘也是这么做的。 被炒鱿鱼的时候去一趟旅馆回来就没事儿了。 我不行吗？ 为什么不行？"

"那些姑娘难不成会跟个打杂的去吗？"

"您撒谎，大叔。别撒谎，大叔。工厂的人都说大叔不是干杂活儿的人，是总公司董事长亲自派来的，假装打杂工人偷偷探听消息向董事长报告。求求您，大叔，帮我个忙，帮我……"

顺德又开始咳嗽。听着她憋在喉头揪心的干咳声，老权觉得眼前昏黑渺茫。是顺德最后一句话给他的冲击。听了那句话，本来属于别人的事情，一下子成了自己切身的问题。现在才觉得情况似乎会越来越纠缠不清。可是怎么也没想到那从头至尾会是一场陷阱。对了，那是个陷阱。因为车祸当时口袋里的履历表成为他们的把柄而接受放弃赔偿到他们公司任职的提议时；读了介绍自己是为了敲诈金钱故意撞上汽车的惯犯，撞了自己的凶手却成了帮助有前科的无识之徒维持生计的好人好事主人公的新闻报道时；躺在医院的病床上时，几次让他警惕而决意抵抗到底的，就是个陷阱。

一个多月才痊愈回家，在僵硬的左臂和肩膀做物理治疗的时候，接到通知去总公司总务课找一位姓张的职员，他整个人飘浮在希望之上。总务课长叫他在总公司有适当的职位前，先去工厂权作消遣熟悉一下公司情况。听了他的话仍然对每件事都觉得开心。开始到工厂上班以后，才醒悟到好不容易得到的工作并不值得高兴。

他被分派在生产出口运动服的生产二课。那是工厂给他的唯一安排。除了所属部门明确以外，过了好几天也没有人派给他任何工作。起初以打杂工自居纯粹是随自己的意思下的决定。"阴天里打孩子，闲着也是闲着"，甚至捆打绞纱的技术也不懂，整天在工厂里闲溜达，如果有哪个部门连门外汉也看得出人手短缺，他便抢上前去，虽然不懂技术，但即使靠体力劳动，任何事情他都诚心诚意地帮忙。可每次都吓得大家诚惶诚恐地说"您这是干什么？求您到那边去好好休息"。在剪裁组和缝纫组，整修组和包装发货组转来转去，每一处都遭到拒绝。幸好打扫丢了满地的垃圾没有人拦阻，他能放心去做的只剩清扫一件工作了。可阴天里打孩子也只能是一两天的事儿。

"请给我分配我能做的工作。"

有一天他向课长恳求。

"这是为什么？权先生。您只是属于我们课，我对权先生可没有权利管理。"

狗腿上钉马蹄子，对个打杂工恭恭敬敬地称先生。课长只是嘻嘻笑着先生、先生继续叫个不停。

"把我派到工厂来的时候，总公司说什么来着？"

他甚至直接向工厂厂长追究原因。他知道一介小工人不论是公事还是私事不遵照等级流程直接请求会见厂长是没有分寸的行为，所以他非常害怕。可是厂长反而一脸畏惧的神色，他也就没有理由害怕了。

"接到指示说您不是长期窝在工厂里的人，叫特别礼遇您。"

听了厂长的话，他朝利于自己的方向做了解释：很快就要调回总公司的人，不可以太刻薄地使唤。他相信情况便是如此，所以直到现在日子过得太平无事，全然没想到有什么危险渐渐接近自己。如今因为安顺德荒唐的误会解开了所有的疑问。他们必定算计着让他忍无可忍自己离开公司。他心情黯淡，将女工丢在茶馆一角独自走了出来。

几天后的中餐时分，一个陌生的年轻人找上老权：

"我是机械室的朴焕清。"

"有什么事……"

"有句话一定要跟权先生说。找个安静的地方谈一下。"

那青年领先往外走。虽不知道有什么事，但不像是好事。老权边想边跟在后头。他们去了男洗手间后面。看看周围没有什么动静后，青年一把抓住老权的手，疼得他仿佛骨头都要碎了。 力气着实了不起。 那不是一般礼貌上的握手。 紧紧抓着的手像要将对方压瘪似的渐渐使上劲,青年压低了嗓子说:

"先生不会不知道安顺德吧?"

老权一听紧张起来。

"知是知道呀,怎么?"

"我是打算跟顺德结婚的。 偶然听顺德谈起先生。您担当的工作您怎么做都好,可万一您利用身份动了顺德一根汗毛,那您就完了。 不只是我完蛋,您也一起完蛋,懂了吗?"

"那……那实在是莫名其妙的误会。 我不是那种人。 顺德小姐比谁都清楚我不是那种人。"

"对,知道,我也知道是误会。"

青年嘴角一歪露出微笑,松开手。

"我了解您的立场。 可也请您了解不管您对顺德用什么手段,我都会保护她。 懂了吗? 会完蛋的,完蛋!"

青年只顾说完自己想说的,就掉头走了。 昏头昏脑摸着转了筋似的没有知觉的右手,老权心想,该采取什么行动了,这么下去不是办法。

在预定日子举行了体检。 几天后结果出来了。 有五个人得了工人最害怕的肺结核。 比以前少得多,大家都露出安心的表情。 老权后来才知道因为不是职业病，一点儿伤害赔偿也得不到，所以肺结核是工人最害怕的疾病。 经 X 光判定为阳性的肺病患者依次让厂长叫了去。其中包括了安顺德。

顺德被厂长叫去的那天，下班后又在工厂大门等着老权。

"说我带的结核菌是活动性的，叫明天别来上班在家休息。 大叔，现在我怎么办？ 怎么办才好？"

"真遗憾。 我也想当自己的事一样帮忙，可是你告诉我真的没有用。 上次也说过……"

"您是打杂的？ 您的意思是那些话向打杂的提都别提，是吗？ 大叔真的是打杂的就好喽，一生都干打杂的干到死就好喽。 如果真是那样，我就是今天死了也行。"

要让顺德了解自己的处境几乎不可能，于是老权逃亡般远远地离开了她。

第二天顺德仍然到了工厂。 考勤记录卡已经被庶务课取走，不能放进考勤机打卡，这一点和平日不同。 此外，前一天还属于顺德的裁布机被另一个女工占据，这也和平日不同。 没有人要接近顺德，女工们如果看到她有靠近自己的意思，就立刻迅速地往后躲，并尖声大喊：

"哎哟哟，这女孩怎么回事！"

"你如果还是我们的朋友就不能这样。 我们难道是讨厌你才躲你吗？ 大家都得过日子，你对我们不满也没办法。"

大家都像躲避麻风病人似的离她远远的，顺德却仍不离开车间。 她似乎打算继续留在前一天还任她使唤的裁布机旁。

透过扩音器宣布中餐时间的流行歌震耳欲聋。 所有的活儿都停了下来，大家脱下口罩和头巾准备上食堂去。新女工的手才一离开裁布机，顺德便一个箭步跳向前紧抓手把，以熟练的技巧开始剪裁堆了有一拃高的布料。

"滚开，喂！"

同事们大吃一惊，发出刺耳的尖叫。 顺德没有站起来。

"你还不放手！"

她仍然不松手。 横遭掠夺机器的女工为了抢回自己的权利，猛扑到顺德背上。 一方拼死挣扎不让夺去，一方使尽吃奶的力气要抢回来，两人展开的拼搏把本该是中餐时间的车间突然闹得人仰马翻。 还有围观的同事在混乱中加入助上一臂之力。 这时，从围得像厚厚的挡风墙一样的女工之间传出一声几乎要刺破耳膜的凄喊。 老权听到那不寻常的尖叫急忙跑向裁布机,事态已经结束。他从惊恐地往后退的女工肩上望过去,看到了不该看的景象。 一两天后即将蜕变为出口运动衣、裁了一半的明亮天蓝色布料上,一条像橱窗模特儿的断臂躺在那儿。

因重伤而昏厥的顺德被男工人抬着赶去医院。 整个工厂里起了大骚动。 猜测她是故意斩断自己手臂的谣言不胫而走。 猜测的根据是依法肺结核得不到赔偿,但手臂截断是职业伤害可以得赔偿。 自称在机械室的朴焕清瞪着血红的眼珠在车间里跑来跑去东张西望。 在老权看来,他瞪大了眼珠仿佛要一眼看穿一切,其实却成了什么也看不到的瞎子。 他大概是为了寻找顺德掉在车间某个地方的身体的一部分,而那样疯了似的在车间徘徊。 那天下午,老权又在医院玄关前见到行不去醉得厉害的朴焕清。

"安小姐怎么样了?"

老权走到他身边问话,小朴这才认出人来,露出一副"你来得正好"的表情。

"她说她想死,不想活了。 这下你高兴了吧?"

老权不理他,径自向医院里头走去。 小朴强而有力的手猛地抓住他:

"喂,你去哪儿?"

"我想看看安小姐。"

"看安小姐？ 你这个家伙想看顺德？"

小朴伸出拳头闪电般重重地击在老权的太阳穴边，把他摔个四脚朝天。

"你这个王八蛋说你是打杂的吧？ 世界上有几个大学毕业的打杂工？ 因为没有人当打杂的，所以派你这种一辈子摇笔杆儿的家伙？ 这个王八蛋今天可见到你老子了。 今天要看看剥了打杂的皮会露出什么东西！"

无数拳脚落在身上，老权却一点儿也不想躲避，也不想喊叫。 鼻血不断涌出，嘴里一股腥甜。 好像炸开了爆竹，四面八方都是火花，什么也看不到。 可是那真是一点儿痛苦也没有的奇妙的殴打。

"你没资格见顺德，再不能让你见她。 不让你见她只有打死你。 妈的！"

连喘息的机会也没有的击打反而带给他一种清凉之感。 也可以说是确定连接安顺德、朴焕清和自己之间的绳索的一道手续。 到现在为止他们和自己之间巨大而虚幻的空间，因拳打脚踢而一点点倾颓。 "如果我在这里没有被这个疯狂的年轻人杀死，只要能活下来，"老权假定，"就要好好偿还获得生命的代价。"为了这个目标，第一步必须去见工会的干部。 下一步当然应计划去总公司见董事长。 想着想着，老权渐渐失去了意识。

图书在版编目（CIP）数据

化身九双鞋的男人 / （韩）尹兴吉著；王策宇，崔元馨
译. —杭州：浙江大学出版社，2015.1
　　ISBN 978-7-308-14183-3

　　Ⅰ.①化… Ⅱ.①尹… ②王… ③崔… Ⅲ.①短篇小说—小
说集—韩国—现代 Ⅳ.①I312.645

　　中国版本图书馆 CIP 数据核字（2014）第 294815 号

本书由 🔵**韩国文学翻译院** 资助出版
Literature Translation Institute of Korea

ⓒ 1997 by Heung-gil Yun
All rights reserved.

First published in Korea by Moonji Publishing Co., Ltd.
This simplified Chinese language edition is published by arrangement with
KL Management, Seoul

浙江省版权局著作权合同登记图字：11－2014－312 号

化身九双鞋的男人
The Man Who Was Left as Nine Pairs of Shoes
［韩国］尹兴吉　著　　王策宇　崔元馨　译

策划编辑　陈丽勋
责任编辑　陈丽勋
封面设计　项梦怡
出版发行　浙江大学出版社
　　　　　（杭州市天目山路 148 号　邮政编码 310007）
　　　　　（网址：http://www.zjupress.com）
排　　版　杭州林智广告有限公司
印　　刷　临安市曙光印务有限公司
开　　本　850mm×1168mm　1/32
印　　张　9
字　　数　152 千
版 印 次　2015 年 1 月第 1 版　2015 年 1 月第 1 次印刷
书　　号　ISBN 978-7-308-14183-3
定　　价　25.00 元